PARA
NÃO
ACABAR
TÃO CEDO

CLARICE FREIRE

PARA NÃO ACABAR TÃO CEDO

1ª edição

EDITORA RECORD
RIO DE JANEIRO • SÃO PAULO
2024

CIP-BRASIL. CATALOGAÇÃO NA PUBLICAÇÃO
SINDICATO NACIONAL DOS EDITORES DE LIVROS, RJ

F933p   Freire, Clarice
         Para não acabar tão cedo / Clarice Freire. - 1. ed. - Rio de
      Janeiro : Record, 2024.

         ISBN 978-85-01-92050-8

         1. Ficção brasileira. I. Título.

24-89078   CDD: 869.3
                        CDU: 82-3(81)

Gabriela Faray Ferreira Lopes - Bibliotecária - CRB-7/6643

Copyright © Clarice Freire, 2024

Todos os direitos reservados. Proibida a reprodução, armazenamento ou transmissão de partes deste livro, através de quaisquer meios, sem prévia autorização por escrito.

Texto revisado segundo o Acordo Ortográfico da Língua Portuguesa de 1990.

Direitos exclusivos desta edição reservados pela
EDITORA RECORD LTDA.
Rua Argentina, 171 – Rio de Janeiro, RJ – 20921-380 – Tel.: (21) 2585-2000.

Impresso no Brasil

ISBN 978-85-01-92050-8

Seja um leitor preferencial Record.
Cadastre-se no site www.record.com.br
e receba informações sobre nossos
lançamentos e nossas promoções.

Atendimento e venda direta ao leitor:
sac@record.com.br

"O amor comeu minha paz e minha guerra.
Meu dia e minha noite. Meu inverno e meu verão.
Comeu meu silêncio, minha dor de cabeça,
meu medo da morte."

João Cabral de Melo Neto

Para Dona Anunciada e Tia Nevinha,
em suas tardes de cochicho na cama.

Para Sofia, revolução em minha vida.

E para aqueles cujo sangue
não precisou circular em mim
para nascerem meus irmãos.

O Tempo e o bolso do Tempo

I

Um dia você vai perder alguém que ama. Vai se perder também. Por inteiro.
As ideias em que você acreditava serão derramadas como se sua alma fosse feita de água.
E você vai me chamar para secar.

II

É assim que se resgatam as pessoas da agonia, não?
Dê tempo ao Tempo. Com o Tempo vai passar, com o Tempo você vai entender, com o Tempo.
Tenho sempre o mesmo inevitável guardado no bolso: a hora da perda. Nesse instante, você vai se sentir uma criança recém-nascida e nua na vida. Vai provar um vazio de fazer a respiração parecer conquista que dói. Vai arder nos dentes dor gelada, sufocante, da garganta até a lembrança.
E quem vai
te carregar
sou
eu.

Ou melhor, sua certeza de que eu faço meu trabalho muito bem-feito.
Você sabe que vai precisar de mim,
se é
que já não está
precisando.

III

Comigo, o mundo acaba se despindo. Não adianta. Quando passo, tudo se mostra, especialmente a verdade. E ela é diretíssima, muito mais do que eu, que tenho apreço pelos giros. Por isso não preciso me perder divagando poemas ruins a esmo, sobre qualquer coisa. Eu sou o Tempo e passo depressa. Eu sou o Tempo e me arrasto demorado.

A rapidez dos meus passos sempre depende do ponto de vista.
O que você pensa que sou
eu ultrapasso.
Sou uma mulher em suspensão,
esperando a filha
da filha dela,
na hora do parto.
Sou a expectativa muda,
pairando ali.
Quando me dá gana, sou uma senhora desbocada, autorizada a dizer o que bem entendo por causa da idade,

especialmente sobre coisas de que não faço ideia, ainda que tenha avançado tanto pelos anos.
    Eu sou um cachorro magro
lambendo um resto de domingo no chão.
    Ou passarinho sem corpo, só o canto que chama a chuva.
    Eu sou o vento no dedilhado das últimas notas de um final de tarde, quando tudo soa saudade e é quente, ventilando um calor dos mais mornos,
bom de cheirar.
    Eu sou feito de pão.
    Sou uma tempestade repentina, venho de assalto pela janela, levo a luz da casa comigo.
    Eu sou um menino jogando pião no meio da rua, tentando segurar a mim mesmo com as próprias mãos.
    Rodopiando,
rodopiando,
caindo.
    Eu sou esse menino
quando entende
que já é homem.
    Eu sou você agora. Sou a partida padecida, sou você adormecido e sem memória deste mundo.
    E quando achar que entendeu quem sou, eu já fui. Desapareci em cima de uma moto escandalosa, incômoda, com minhas saias rasgadas e desobedientes, ouvindo uma canção
fora de moda.

Eu sou as flores que morrem, mal ou bem regadas.
Mas morrem.
Sou as estrelas aparecidas,
exibidas.
E quando calam,
apagadas
e sós.
Eu sou
e estou
em tudo o que existe.
Mãos abanando algo para trás dizem sempre:
— Mas aquele era outro Tempo.
E eu era.
Por muitas eras,
sou.
Às vezes mexo com a vida porque posso.
Não gosto de águas paradas,
já vi tanto, tanto.
Me aborreço dos iguais
com facilidade
cada vez mais
incômoda.
Por isso não me preocupei em tecer elucubrações cansadas sobre as consequências do que fiz com Augusta e Lia, depois daquela manhã terrível
e bela
à sua forma.

Mas
se tivesse
medido
não sei
se faria
diferente.

Aquele rosto de hoje

As manhãs de Augusta não apresentavam grandes possibilidades. A partir das cinco e doze da manhã, fazia sempre:
  as mesmas coisas.

Quando despertou naquele dia, depois de uma noite úmida e irrequieta, deixou-se enganar por uma manhã que fingia algum cotidiano. Regou as plantas, abriu as janelas, acariciou o gato,
  com mais costume que afeto.
  — Eita. Já são cinco e meia. O dia num instante passa.

Foi ao banheiro lavar o rosto que já sabia ser desenhado por linhas experientes em rugas bem escritas. Afastou dos olhos, com um sono ainda de ontem, os cabelos que eram brancos. E experimentou o gelo molhado despertar a pele. Ao direcionar a vista para o espelho, Augusta sentiu o ventre endurecer, como quem sofre o baque de pisar em um degrau que não está no chão. O espanto que lançou espadas frias de pavor por dentro do seu peito, coberto pela camisola ordinária e amarela.

Dentro do banheiro estava uma mulher estranha, emaranhada e de pé, encarando-a com um interesse de intimidade,
  como se fosse bastante natural estar ali.

Difícil entender como Augusta não quebrou, naquele instante pungente, alguma costela, ou deslocou algum

[15]

dos ossos dormidos, tamanho foi o impulso de seus braços e a queda abrupta no chão, da qual se levantou rapidamente, fugindo do que havia visto. Buscou aquele assombro entre o boxe, a bacia e de volta à pia, de costas para o espelho,

e nada da estranha.

Era velha, não louca.

Não havia, ainda, chegado ao ponto de ver coisas, disso Augusta tinha certeza.

Fugiu para dentro da casa? As alternativas apareciam como uma sucessão de delírios, era praticamente impossível pensar em alguma possibilidade que fizesse sentido. Como poderia ter entrado? Ela mesma sempre se certificava de trancar as portas com duas voltas na chave, além do ferrolho pega-ladrão que fazia questão de colocar em todas as portas – nestes tempos malucos, ninguém mais tem sossego, não tem sossego, não, dizia. Eu é que não sou besta, é besta quem quer. Foi nesse instante que o pensamento de Augusta correu para a irmã, Lia, que não conseguiria se levantar da cama e fugir daquela invasora que, talvez, tivesse as piores intenções. Esquecendo de fazer qualquer cálculo, Augusta se levantou sem dificuldade, apesar da queda, e correu com disposição e rapidez em direção ao quarto da irmã que já não caminhava havia muitos anos. O terror era tão absoluto que sentia, por dentro dos ouvidos, a clara presença do próprio coração latejando sangue, vigília e medo. Augusta, no pavor que faz os humanos agirem com uma objetividade impensável nos momentos mais críticos, não percebeu a ausência da conhecida dor nos joelhos, do limite temeroso das costas, tampouco notou que seu passo era firme, com uma ligeireza que não existia ontem. Nem sequer reparou que estava correndo.

Abriu a porta do quarto de Lia, e a irmã dormia.

A cadeira de rodas perfeitamente dobrada ao lado da cama esperava que sua dona despertasse. Lia se cobria dos pés à cabeça, como em um casulo, uma múmia – Augusta gostava de dizer sobre a irmã desde pequena. Olhou ao redor: tudo normal. Um pouco mais calma, Augusta se retirou do quarto – agora vagarosamente – e caminhou por outros cômodos do apartamento abarrotado de antiguidades, móveis de madeira escura e bem talhada, plantas de todos os tipos, livros, muitos livros, pratos, cristais, xícaras, taças, inúmeras fotos dispostas em porta-retratos que não combinavam entre si sobre cômodas e mesinhas. Pelas paredes, pôsteres já um tanto encardidos que continham enormes fotografias com pontos turísticos de diversas partes do mundo, além de uma imagem emoldurada do rosto de Jesus Crucificado, que abria e fechava os olhos na medida em que alguém passava por ele.

Tudo estava adormecido, presente no ontem tranquilo e macio em que estivera Augusta. Nada na casa havia sido abruptamente alarmado pela estranha, exceto ela mesma.

Nenhum sinal da moça de cabelos castanhos e olhos horripilantes que estava no banheiro. Confusa, Augusta retornou ao local de sua queda, agora duvidando um pouco de si. Talvez estivesse sonhando ainda. Talvez tivesse imaginado, com nitidez extraordinária, algo das profundezas ocultas do seu inconsciente. Quem sabe

[17]

estivesse mais cansada do que imaginava, pela rotina sobrecarregada de cuidados com a irmã, em que tudo sobrava sempre para ela. Era melhor lavar novamente o rosto, agora suado e lívido, e respirar fundo.

Augusta repassava mentalmente todos os remédios que estava tomando, não eram poucos nessa idade. Será que algum dos mais recentes causava alucinações? Desejou matar doutor Gustavo. Foi ele quem esqueceu de lhe explicar tamanho absurdo. O olhar amedrontado já se misturava a uma raiva iminente de achar algum culpado por aquilo, que não fosse ela mesma. De cabeça baixa, com os passos arrastados de quem está mais pensando que andando, Augusta calculava meses, lembrando que até os medicamentos mais recentes não eram exatamente novidade.

Assim como caminhava sua vida. Nada se inaugurava. Eu bem sei.

Mais focada, ela finalmente retornou ao banheiro e, de frente para o espelho gotejado da água que provavelmente respingara na hora de sua queda, levantou os olhos.

E lá estava, novamente,

a estranha.

Dessa vez Augusta segurou-se firme no mármore duro da pia. Havia se tornado uma questão de honra comprovar que a visão daquela intrusa não se tratava de um delírio às cinco e pouca da manhã.

Acredito, depois de tanto observar os passos dessa mulher – às vezes mais dura do que a pedra na qual se agarrava –, que, naquele instante, toda a noção de lógica que adquirira durante a vida se derramou mais que a água da torneira, deixando-a em uma suspensão inerte, daquelas causadas pela total ausência de sentido. Uma coisa tão aflitiva que paralisa. Olhando para trás e se deparando com nada além dos azulejos pardos, a toalha perfeitamente pendurada e de novo para um espelho muitíssimo bem habitado pela mulher que a encarava, agora com terror idêntico ao seu, Augusta compreendeu.

Não havia estranha alguma em seu banheiro.

Aquela senhora olhava para si mesma, dentro do espelho, mas não via o que estava habituada nos últimos anos, com orgulho e amargura. Esquecendo-se de respirar, onde antes via refletida uma senhora digna e arranjada em suas rugas e cabelos brancos, agora observava uma Augusta igual à dos retratos muito bem-organizados na sala, especialmente nas fotos em que segurava pela mão o único filho, uma mãe dedicada,

    com seus

trinta anos de idade.

As pessoas estão acostumadas a ver o mundo em uma ordem que compreendam, no entanto, pouco sabem de si mesmos.

São criaturas breves, os humanos.

Fascinantes até, devo reconhecer, mas tão fugazes que são poucos os que pinçam, em alguma luz de profundidade, algo do mistério revelado das coisas.

Não dá tempo. Não é assim que dizem?

No meu caso, assisto imperturbável à vida. Nunca entrei na ordem dos ponteiros onde me enquadram, na tentativa de atribuir, a mim,

    alguma medida.

Ilusão de controle, e eu compreendo, até aceito. Mas não funciono dessa maneira miúda. Não paro em nenhum antes, nem me apego a depois algum, apesar de me colocar no presente com mais gosto e entusiasmo do que no passado. Do amanhã, não sei nada. Chego nele como qualquer um. Eu sou o futuro, claro, mas nunca estou nele, não há espaço para mim no que ainda não existe.

Não há espaço para nada no que ainda não há, quando se compreende o que é a existência.

Só posso ir para onde há chão, ainda que somente eu saiba onde piso.

No caso de Augusta, é difícil, até para mim, descrever o nó completo e denso que deve ter sido

se perceber em tudo igual,

por dentro,

e toda outra,

por fora

só que igual

ao que era antes.

Percebi que seus dedos procuravam as linhas no rosto como se debulhassem feijão, em busca de algo guardado por dentro da casca, mas fracassavam: a testa reluzia, sem sinais de que eu havia passado longamente por ela, assim como estavam lisos e translúcidos os cantos dos olhos, os contornos do queixo, a ponta do nariz. Augusta, em seu instinto diante do abismo, precisava tocar e tocar novamente aquilo que via no reflexo e não correspondia com o que acusava a memória do tato: um descompasso entre ontem e aquele agora. Não duvido que, talvez ali, ela tenha imaginado quais doenças da idade poderiam apresentar tal sintoma, já que era leitora voraz sobre enfermidades de todos os tipos, romances de todas as épocas, ficções de todos os mundos, poesia de todos os ânimos, cantos de todos os cânticos. Augusta, em muitos aspectos, viveu a vida por meio dos livros, das revistas e novelas. Com o passar dos anos, seu interesse por doenças e síndromes raras só aumentou. Era perita em bulas de remédios, instruções de uso dos medicamentos e possíveis efeitos colaterais de tudo que ela e sua irmã tomavam diariamente.

    Foi buscar o espelhinho de maquiagem que usava quando ia ao médico, ou à feira, ou à missa, como se houvesse alguma possibilidade de o defeito estar no espelho grande, à sua frente. Achei graça. As pessoas ficam esparsas diante do inexplicável. Vendo, também no reflexo minúsculo, seu rosto moço, soltou, finalmente, um grito seco, jogando longe o pó de arroz. Olhou para baixo, tentando respirar, e notou que parecia um saco murcho largado ao vento. Seu corpo estava perdido no meio da grande quantidade de pano que compunha a camisola diária. Era fino, havia perdido a neutralidade esperada do corpo das avós, porque ela mesma não concebia, há anos, a ideia de olhar-se e ver – em suas coxas, barriga, ombros, olhos ou seios – uma mulher. Ela era Augusta, dona Augusta, senhora Augusta, mamãe, vovó e a maior quantidade de pano que fosse possível. Agora via formas antigas, novas curvas, pouca pele para muita roupa, tudo estava
    completamente errado.

    A esquisita senhora-moça ficou por longos instantes ali, sozinha comigo. A manhã avançava, e continuávamos, ela e eu, em profundo silêncio. Eu, intrigado e interessado naquela cena extraordinária. Ela, em estado de choque. Acredito que se não fosse o grito de Lia, Augusta seria capaz de ficar para sempre congelada sobre seu pedaço frio de chão.

— Guta? Tá viva?

Augusta teve um sobressalto como quem recebe uma pequena carga elétrica ao abrir uma velha geladeira. Girou a cabeça procurando, nos detalhes da pia, nas curvas do chuveiro ou no vidro da janelinha do banheiro, alguma explicação. Olhou de esguelha para o espelho antes de encará-lo outra vez, apenas para confirmar se o delírio não haveria cessado após algumas dessas medidas que atribuem a mim. Se fosse o caso, ela só teria que buscar, logo, seu psiquiatra.

Mas lá estava, desconfiada e vivaz, a jovem Augusta. Sem parar de encarar a moça, ela arrumou os cabelos que balançavam rebeldes, sem brancura, com um brilho incômodo e escuro, e começou a caminhar de um lado para o outro.

— Espere, Lia. Já vai — respondeu Augusta, sem saber direito onde estava, meio zonza.

Depois de um breve intervalo, Lia perguntou, tentando gritar com a voz embargada de sonolência e irritação:

— Tá doente, é? Acho que minha voz também tá esquisita. Vem logo, Augusta.

Doente? Essa palavra pareceu ter deslocado Augusta ainda mais de volta para a realidade presente. Lia a veria como ela estava se vendo, ou estaria Augusta apenas em um delírio particular? Os olhos da irmã seriam o veredicto final: havia perdido o senso de realidade sozinha, regredido na própria visão de si mesma ao ponto do delírio total ou, de fato, experimentava alguma maldição, sonho, castigo, doença, ou sabe lá o que aquilo poderia ser? Encheu-se de pavor por não saber qual das possibilidades seria, por fim, menos terrível.

— Guta! Morreu ou o quê? Quero fazer xixi. Que inferno.

Augusta estava sem saída, teria que se apresentar diante de Lia e, checando uma última vez o espelho, que continuava refletindo uma jovem pasma, com alma velha e rosto perdido, seguiu para o quarto da irmã. A porta estava entreaberta e Augusta afastou aquele último bloqueio de seu segredo muito lentamente. Lia já estava nos últimos suspiros de sua paciência.

— Tem pressa, não, Augusta!

A irmã mais velha abriu a porta, dando de cara com a mais nova, que já havia se sentado e puxado a cadeira de rodas para perto, sem coragem, provavelmente, de subir nela sozinha, como já havia feito mais de uma vez. As peripécias impulsivas de Lia já resultaram em quedas um tanto catastróficas, que tinham consequências cada vez mais sérias enquanto eu ia avançando em sua vida. Mas a culpa não é somente minha. Não tenho culpa única pelos corpos que avançam em vontade e pressa por desaparecer. Outros tantos trabalham comigo no esgotamento da vida. Eu passo e só. Mais só do que gostaria. E levo. Pelo visto aqueles baques fizeram vacilar em alguns instantes a audácia de Lia, apesar de eu ter me perguntado quanto mais ela teria esperado, já que a cadeira estava tão perto quanto seus sonhos permaneciam longe.

Ainda estava escuro no quarto, e Augusta, abrindo as cortinas, trouxe consigo a luz matinal, que se levantava alheia à casa daquelas duas idosas, e, por isso, não foi assim tão depressa que Lia conseguiu pôr os olhos na irmã. Enquanto a vista adormecida se acostumava com a luz do sol, Augusta se colocou dentro do quarto de Lia, como quem invade, de uma vez por todas, um lugar proibido. Plantou-se ao chão, agarrando-se à esperança de alguma solução para sua manhã intrincada. Seria salva pelo espanto ou pela indiferença?

— Mas será possível que você esqueceu o caminho da minha cadeira, Augusta? É, tô achando que esqueceu.

Tendo o silêncio incomum de Augusta como resposta, Lia apertou mais os olhos, agora intrigada, com razão, pelo comportamento fora dos eixos da irmã, que mais parecia uma calculadora, ou uma bússola, ou relógio, ou um binóculo, ela dizia. A depender do seu estado de espírito. De fato, Augusta não se atrasaria nem entraria devagar em lugar algum. Não nos lugares onde goza de autoridade total e que, hoje, lamentavelmente para ela, resumia-se àquele apartamento e à vida de Lia, que devolveu seu silêncio à irmã, tentando compreender o que havia de estranho naquilo tudo. Mais uma vez, Augusta precisou se segurar para não levar outro baque, quando viu nos olhos da irmã um espanto que a tornava um quadro renascentista: pálido, gélido, pasmado. Não bastasse essa confirmação muda do terror que acometera Augusta ao olhar para o espelho, o que via no rosto de Lia também não fazia sentido algum.

Se havia, na vida de Augusta, um pavor que a acompanhava, era o medo de sair da linha da sanidade. Sempre se amparou no que podia soltar ou segurar nas mãos. Em outras palavras, ela tinha uma aversão radical ao que chamavam de loucura – um descontrole da realidade que jamais suportaria.

Pensava em sua tia, quando vivia no sítio, que havia ganhado fama de desmiolada na cidade, e Augusta ouvia aquelas histórias pedindo sempre a Deus que nada acometesse seu juízo. Ai, Deus me livre, Deus me livre e guarde. Morria de pena e de medo da tia, porque não sabia mais quem era quando a encontrava, sempre de longe, sempre escondida entre as pernas da mãe, como se visse uma assombração. O desconhecimento sobre tanto naqueles lugares, daquele meu passado já distante – e fundante – de uma Augusta menina, dava mesmo esse preconceito meio folclórico a alguns sofrimentos tão humanos quanto comuns. E tantos ficavam a esmo. Aquela manhã, para Augusta, eu bem sei, era como a concretização de um pesadelo de moça no seu interior.

Para completar o tormento de Augusta, bem à sua frente, agarrada com uma mão à cadeira de rodas, e a outra ao lençol, como quem segura uma armadura contra a morte, estava Lia, ou melhor, a lembrança de uma Lia de décadas atrás. Os cabelos cacheados caíam por seus ombros não mais encolhidos, mas firmes, em fios não mais prateados, mas de cor castanho-dourado-vivo. Nenhuma linha delineava o rosto de Lia, e seu corpo parecia igualmente perdido dentro da excessivamente grande e impecável camisola azul-turquesa, que não poderia ser mais contrária à encardida e repetida de Augusta. Ela sabia que Augusta havia visto o que ela estava vendo, só não sabia que, nela mesma, se mostrava também uma anomalia assombrosa. Depois de um longo momento sem palavra que conseguisse sair de alguma das duas, Lia apontou para a irmã, ainda em seu semblante jovialmente pasmo. Augusta, a partir daquele gesto, finalmente despencou em lágrimas derrotadas.

Preciso dizer que senti uma indiscreta vontade de rir com aquela cena. Como as pessoas definham ao fim de seus enredos.

Diante do encharcamento da visão rejuvenescida de sua irmã mais velha, Lia finalmente reagiu, tentando segurá-la de longe. Irritada com a imobilidade de suas pernas e sem pensar, a moça de camisola azul já estava se lançando sozinha à cadeira de rodas, provavelmente no intuito de socorrer a irmã, em seu estado lacrimoso e lamentável. Foi o movimento necessário para Augusta engolir o próprio desespero e saltar, sem nenhuma dificuldade, em direção à Lia.

— Não, menina! — disse a mais velha, imperativamente, como quem repreende uma criança, enquanto segurava a irmã pelos braços, colocando-a em segurança sobre a cadeira de rodas.

Lia estava tão vidrada no aspecto extraordinário de Augusta, que foi completamente incapaz de olhar para si mesma. Jamais perceberia algo fora do normal no próprio corpo quando tinha, diante de si, alguém que ela conhecia tão bem, viva em suas memórias mais ativas, que não era nenhuma estranha, mas que não via há tantos anos. Augusta se sentia ainda mais incongruente, colocando uma Lia que aparentava ser perfeitamente capaz de caminhar, correr, pular qualquer obstáculo – visível ou invisível – naquela cadeira. Ocorreu, então, a Augusta, a única solução possível para que não precisasse dizer o indizível, descrever o inexplicável.

Guiou a irmã em direção ao banheiro anexado ao quarto de Lia. Ali, um grande espelho ficava na altura da cadeira de rodas. As irmãs foram em silêncio abismado até o destino. Lia apenas se deixava levar, tentando, provavelmente, colar algum sentido no outro, dentro de sua mente recém-desperta, sem obter nenhum êxito e esperando, talvez, que Augusta a estivesse levando para alguma luz no meio daquela loucura, ou à moral da história, ou à explicação de uma piada ruim, como eram todas as tentativas de graça da irmã. Havia, ainda, a possibilidade de ela estar sonhando, às vezes confundia mesmo sonho e realidade.

Agora, diante do espelho, estavam as duas senhoras incongruentes com suas aparências. Eram as mesmas que um dia foram, conheciam aquelas mulheres, mas, àquela altura da vida, estavam diante de duas estranhas, petrificadas e íntimas, cheias de memórias que saltavam sem nenhum pudor ou respeito àqueles corpos antigos e novos ao mesmo instante.

Foi uma das poucas vezes, posso dizer, que duas pessoas me viram em si mesmas de maneira tão escancarada e desnuda.

Uma cena inesquecível até para mim,
que não costumo ser olhado
desse jeito.

Rosto de rua

Quem arriscou o primeiro movimento foi Lia. Em um xingamento sussurrado enquanto, com cautela, procurava as rugas pelo próprio rosto e via seus dedos deslizarem sem nenhum problema por uma superfície excentricamente lisa.

Havia naqueles olhos claros algo como uma resposta, uma emoção pasma e, aos poucos, quase radiante.

Augusta conhecia bem aquele olhar, e seu terror só se multiplicou ao reconhecê-lo. Não era possível que Lia não compreendesse a seriedade do que estava acontecendo, seja lá o que fosse. Augusta via uma ideia surgindo no rosto da irmã mais nova, como um desafogo que entra pela janela aberta, quando, na verdade, deveria estar vendo medo, desespero, perplexidade, qualquer coisa menos aquele olhar se expandindo. As palavras que quebraram o silêncio estupefato das duas vieram de Lia e confirmaram os temores de Augusta.

— Será que eu consigo andar?

Acho que Lia perguntava a si mesma, de frente para o espelho, quase como se Augusta não estivesse lá. Somente ela e eu sabemos o que havia naquela frase tão sem amarras numa hora daquelas.

Aquilo atravessou o pensamento da irmã que estava de pé com uma força inesperada. Posso sentir quando alguém mergulha tão profundo na memória, que é quase como se me dobrasse com as mãos, a fim de visitar o passado. Sempre fui sensível, mas a essa altura posso dizer que minha leitura das pessoas é praticamente isenta de erros. Vejo tudo nítido como o hoje, por trás de qualquer rosto.

Enxergo muito bem o não dito.

É uma das vantagens de ser quem sou. Gosto de ver as cores das lembranças nas pessoas e compará-las com as minhas, perfeitamente fotografadas, percebendo como quase nada do que lembram os outros parece puro ou real. A memória humana é toda ficção e pouquíssimos são os bons enredos. A autobajulação, as alterações vaidosamente tendenciosas dos fatos, na maioria das vezes, quase me esgotam de aborrecimento. São tão trágicos, os humanos. Distorcem lembranças, criam alternativas tortas

ao que dói demais lembrar.

Augusta, naquele dia, era a própria tragédia, ao ver o gosto de mundo, há tanto esquecido, retornar como uma réstia de luz ao rosto de Lia.

Em apenas um segundo diante da irmã que se iluminava entre surpresa, desejo e medo, Augusta voltou muitos anos em mim, quando Lia corria sem controle, com um vestidinho roxo, pela porta de casa, direto para a rua, frenética. E a mais velha deixava seus afazeres para não perder a mais nova de vista, senão seria culpada por qualquer mal que acontecesse a ela. O estarrecimento acabou por lhe tirar, finalmente, alguma palavra.

— Lia, você não entendeu patavinas do que tá acontecendo, mas será possível? Enlouquecemos, você e eu, na mesma hora. Entendeu? Não sei por que raios a gente acordou assim, ou se estamos assim mesmo... na verdade, acho que pode ser algum dos remédios, algum comprimido novo que a gente tomou, qualquer coisa... e você falando em sair?

— Eu não falei em sair. Falei em andar.

Augusta emudeceu. Lia segurou com mãos firmes os braços da velha cadeira de rodas.

— Não, Lia! Não invente! Fique aí! Vai acabar levando uma queda e ficar quebrada, além de maluca, pra eu dar conta. Eu não tenho força pra isso, não. Tenha pena de mim, fique quieta.

E, como se nunca tivesse conhecido algum estacionamento nas pernas, Lia ficou de pé.

Estava grande, pensou Augusta.

E ela diminuíra.

Vontade

O sol desamarelava-se rapidamente em suas carícias preguiçosas de luz nas paredes do banheiro. Lia, agora crescida e mais firme que Augusta, testava, em um frenesi cauteloso, cada movimento de suas pernas bem ágeis e finas. Apesar dos pés seguros, Lia parecia não saber mais como usá-los. A cada passo desajeitado, divertia-se como nunca, o que tirou de vez qualquer surpresa do rosto da velha moça, dando lugar a um deleite espantado e quase infantil, diante da novidade. Lia não cabia em si, e Augusta observava. Sabia que deveria demonstrar, talvez, alguma alegria ao ver Lia andar de novo, mas era incapaz de sentir algo diferente do pavor causado por cada insensatez que ali testemunhava, como quem não enxerga nada. Precisava ter fé no que se vê e não o contrário, como era acostumada. Fora que observar uma Lia deslizando para longe do seu controle, que decidia quando e para onde empurraria a cadeira de rodas da irmã, deixou-a paralisada.

Tudo estava errado, tudo era um absurdo, suas contas não batiam. Depois de tantas décadas, seus cálculos seguros não davam em nada. Augusta, então, foi vencida pelos pulmões, que se rebelaram contra ela. Parecia buscar com todas as forças algo para as narinas e não conseguia. O oxigênio queimava, era composto por ferro em brasa. Segurou-se entre a pia e a parede, afogando-se em si mesma. Rígida dos pés à cabeça, seus olhos sofreram, temeram coisas invisíveis. E Augusta foi minguando até sentar-se, sem forças, no chão.

Lia, apesar de absorta em sua própria descoberta, percebeu o afogamento de Augusta e foi em direção à irmã, com uma seriedade repentina, fora de qualquer euforia anterior. Estava maternal. Aquela também era uma cena conhecida das duas, apesar de não se repetir há muitos anos, lembro-me muito bem das vezes em que aquilo aconteceu. Lia abraçou Augusta com força e delicadeza, com uma calma até admirável.

— Respira, Guta, respira.

— Não. Consigo.

Augusta balançou negativamente a cabeça, de maneira acelerada. Estava ruborizando.

— Eu vou respirar e você vai me imitar, tá bom? Imita igualzinho a mim, faz do mesmo jeito, vamos puxar o ar juntas, depois soltar juntas...

Augusta, agora entre soluços, obedecia às instruções da irmã como uma criança.

— Pra dentro, pra fora. Pra dentro, pra fora...

E em uma simbiose misteriosa das que partilharam o mesmo útero e vontade, o ar de Lia foi doado à Augusta, que retomou uma paz tímida e comedida, encolhida no canto do banheiro. Lia checou o rosto de Augusta, procurando algum sinal de descontrole iminente, organizando seus cabelos castanhos para longe do rosto suado. Fez-se um silêncio de alguns instantes entre elas.

— O que vamos fazer? O que é isso que aconteceu com a gente?

— Não sei, Guta.

Mas Lia sabia muito bem o que queria fazer, assim que a irmã se levantasse.

O contraste abismal do corpo jovem das duas irmãs, de almas muito bem vividas e experimentadas, acabava levando até a mim mesmo para alguns lugares do passado bem guardados nas minhas memórias. Augusta, nem se tivesse uma boa capacidade de invenção, imaginaria alguma chance da irmã conseguir escapar de sua vista, a essa altura da vida, onde tudo já estava

estacionado

e melancolicamente

seguro,

refeito,

contabilizado.

Ver Lia de pé em um silêncio sutilmente ardiloso, prestes a virar fuga, levou-me a um Sábado de Zé Pereira, no Carnaval da frente de casa, em dias mais antigos e lentos.

Lia sabe que, quando o bloco Lírio das Pazes – aguardado o dia inteiro – passar, não poderá ir longe. É pequena, tem que ver tudo da própria calçada, seu presente é observar. Neste ano, Lia é uma joaninha; Augusta, uma bailarina curvada pela vergonha da própria altura. Sempre fora mais alta que as amigas, o que a deixou com uma postura levemente voltada para baixo, desde muito cedo, para se igualar às outras.

Lia, pequena para sempre, ergue a cabeça, os ombros e o olhar com superioridade e desejo de sobrevivência.

— Você pode ir atrás do bloco até a rua de Irene, mas, depois, volte ligeiro — diz a mãe das duas. Irene, a pirata desajeitada e altiva que foi até lá para tentar arrastar a amiga, salta contentíssima.

— Guta! Ela deixou! Vamos.

— Vai tu, Irene, eu não quero.

Nenhuma surpresa para Lia, que aproveitou o momento para arriscar:

— Mamãe, eu vou com Irene!

— Não, Lia, você é muito pequena. É perigoso, tem papangu lá na frente.

— Eu não ligo pra papangu — mentiu Lia, desafiadora.

— Não — disse a mãe, firme, antes de se virar para a filha mais velha. — E, Augusta, cuide, vá com sua amiga, mas volte logo.

Como quem está indo para um destino indesejável, sem possibilidade de salvação, Augusta se deixa ser vivamente arrastada por Irene, perdendo-se de vista entre pierrôs, arlequins, marinheiros, pássaros, passistas, ilusões, alegrias púrpuras, fugas risonhas, serpentinas, máscaras, identidades mentidas e revelações fantasiosas. Tirando os olhos da filha mais velha, satisfeita por empurrá-la, quem sabe, a um marido futuro, ou simplesmente vê-la sair um pouco da sua vista, a mãe procura a joaninha que deveria estar sentada no meio-fio. Não há vermelho, nem preto, nem dourado, nem Lia. O alvoroço se firma com rapidez na casa da família das duas irmãs, que, no fulgor do desespero, não chama atenção nenhuma. No Carnaval, tudo é a beleza do exagero, da agonia e da esperança. E as dores se escondem nos extremos, deslizando entre vias e vielas, como se não doessem jamais. Tias, avós e pai se espalham pela pequena multidão, perguntando pela joaninha com cabelo de ouro, entre ouvidos que ouvem e outros que já nem sabem o que é escutar. Nenhum sinal de Lia. A bandinha arrasta tudo com seus metais agrupados que parecem um cortejo majestoso abrindo alas aos gritos melódicos. Os trombones, pistões e clarinetes tragam qualquer coisa que não seja o compasso do baile.

    A mãe chora com as mãos na cabeça, tentando calar a imaginação que vem potente e nítida nessas horas, já vendo o pior. Queria ter tido muitas filhas, mas Deus só mandou duas, dizia com uma amargura ternamente conformada. Deve ter sido porque vão dar muito trabalho, completava, fazendo alguma graça de algo que praticamente a envergonhava. Logo duas mulheres, misericórdia, tinha que ficar de olho. A vigilância devia valer por quatro, Deus tá vendo. Em meio ao pandemônio, Augusta retorna, emburrada, ao lado de uma Irene satisfeita e com o olhar malicioso de quem viu o que queria. Atualizada da situação, Augusta desaparece, voltando, pouco depois, com uma joaninha contrariada, arrastada e determinada, em sua mão direita.

— Ela tava em cima da caixa-d'água, jogando água colorida no povo que passava pela Rua da Boa Vontade — denuncia Augusta, fingindo seriedade, mas achando graça e, provavelmente, grata por ter tido o que fazer nesse furdunço que odeia com irresistível atração que é o Carnaval.

— Nunca mais você vai subir na minha caixa-d'água — reclama Lia, sabendo que não sustentaria a palavra.

Não era difícil Lia virar fumaça e, quanto mais eu fui passando e a vida avançou, todos perderam, pouco a pouco, a preocupação com a menina, porque parecia que nunca acontecia nada com ela, afinal. Mas, depois da doença e da velhice, Augusta voltou a se inquietar, vivia aflita e em vigília. Lia era dona de toda a sua atenção e motivo de contar as horas. Se a irmã sumisse, contaria mais o quê?

Como se eu não tivesse existido no intervalo entre aquele Carnaval e a manhã estranha, Lia estava de pé, muitíssimo certa de que não tardaria a passar pela porta da frente em direção a não se sabe o quê. Augusta ainda estava demasiadamente atordoada pelos seus medos antigos. Repetiu, choramingando de maneira cantarolada e melancólica:

— O que é que a gente vai fazer agora? Ai, minha Nossa Senhora.

— Você precisa se acalmar, Augusta. Vamo, vai tomar um banho.

Lia, tratando a irmã mais velha com a seriedade objetiva com que os pais cuidam das crianças, ajudou Augusta a se despir e a entrar debaixo do chuveiro. Augusta, antes sempre no controle de todas as situações, parecia entregue à irrealidade de tal forma que quase aparentava gostar de ser empurrada a fazer algo e, como raramente acontecia, não reclamou. Enquanto banhava a irmã, sutilmente, Lia também tomou seu próprio banho, observando cada centímetro daqueles corpos conhecidos e deslocados. Novos e muito esquecidos. Os ombros não carregavam mais pesos invisíveis. Os abdomens eram firmes, as pernas infladas e rígidas. A espuma deslizava sem nenhuma dificuldade pela ausência do encurvamento que veio com a doença de Lia. A água escorria sem os obstáculos da gravidade e da rebelião das células que já mudaram havia tantos anos.

É desprezível o entendimento humano de que o envelhecimento exista para pesar nas mulheres e em mim, como se cada fronteira dobrada pelo corpo fosse uma derrota ou vergonha triste, quando, na verdade, significa triunfos tácitos riscados na pele. Poucas coisas são mais bonitas no corpo feminino do que os sinais da vida que são capazes de ser e gerar no mundo. E não há vida que não deixe rastro ardente. Nunca me acostumei a isso, apesar de ter me habituado a quase tudo e ser raro que algo ainda me impressione. É grande demais o mapa vital de amor e dor que uma mulher pode conter em seu corpo e nos corpos de outras mulheres que gera. A expressão de Lia, ali, era de espanto grave, contemplativo, como quem se vê pela primeira vez, mas sem surpresa alguma. O seu rosto, naquele dia, olhando para si mesma e para a irmã, se parecia bastante com o meu. Ela se admirava com respeito.

Saídas do banho, Lia enxugou os cabelos castanhos de Augusta e voltou para o quarto dela. Foi direto na gaveta de Rosa, a neta da irmã. Havia muito que Rosa, tão apegada à avó, não aparecia por ali, mas sempre deixava algumas roupas para quando precisasse fazer pouso na casa das avós – era assim que dizia. Os jovens vivem de depois em depois. Lia claramente já havia pensado em todos os detalhes. Retirou da gaveta uma velha calça jeans de cintura alta, uma camisa alva de botão e mangas curtas, arrumou-a por dentro, acentuando sua cintura muito bem delineada, que acariciou com deleite diante do espelho, enquanto jogou nas mãos de Augusta um vestido leve, também acinturado, escuro e floral.

— Veste, Guta. Rosa tem o corpinho igual ao seu. A roupa tá fedendo a mofo, mas vai passando durante o dia. Vou até jogar um perfume.

— A gente só tem lavanda. Tu sempre achou o cheiro de lavanda aguado — respondeu Augusta com voz apática.

— Serve.

Augusta, mais atordoada a cada comando, apenas colocou o vestido, que lhe caiu perfeitamente. Diante da própria imagem no espelho, organizou os cabelos como sempre gostou: da esquerda para a direita, penteado de lado. Ela sabia que, daquele jeito, secavam bem controlados. Lia lhe jogou uns brincos antigos. A mais nova nunca saía sem brincos, me sinto nua sem brinco, dizia. Era ela quem guardava as poucas joias da família em forma de herança: anéis, brincos, pulseiras de ouro e outras miudezas que haviam pertencido à mãe e às tias das duas. Maquiada com o que havia encontrado na gaveta de Rosa – um batom discreto, fora da validade, um rosado no rosto, um rímel para os cílios –, já estava sentada na cama, separando, sem dizer nada, cores para a maquiagem da irmã. Esse gesto foi, finalmente, despertador para Augusta. Eu já estava estranhando.

— Pra que você tá se pintando? Endoidou?

— Como assim?

Augusta segurou o punho de Lia com firmeza. Havia recuperado, pelo visto, a dureza da feição. E a consciência.

— Você quer sair, Lia. É claro que tu quer sair. Enlouqueceu completamente. Como que a gente vai sair desse jeito? Fazer o quê? Tem ideia do que pode acontecer lá fora? Não! Então não invente moda. A gente fica em casa pra esperar essa alucinação desaparecer do nosso juízo. A gente não tá bem da cabeça, Lia! Isso aqui não é bom, não é normal e ninguém pode saber de uma coisa dessas, entendeu? Você vai ficar em casa. Tenho fé em Deus que mais tarde a gente já voltou ao normal, ou amanhã, talvez. E aí a gente fala com doutor Gustavo. O povo lá fora vai ver você andando assim, toda metida a moça, sem ser. Vão pensar o que de você? Já pensou?

Augusta, de pé, falava com o autoritarismo que a acometia em rompantes quando não queria fazer algo. Dessa vez, no entanto, aquele imperativo saíra em uma mistura gasguita de desespero e raiva. Lia continuou tranquila, levantou-se para colocar os sapatos pretos que estavam no chão. Rosa deixava sempre duas opções na casa da avó: um sapato escuro e uma sandália de amarrar. Augusta, ao ver a irmã de sapatos, desorganizou o resto de compostura que ainda lutava para manter. Seu tom ficou ameaçador.

— Lia, se tu sair por aquela porta, vai sozinha, porque eu não vou atrás de tu de novo. Não vai ter ninguém pra te ajudar se você se perder ou se machucar na rua. É capaz de te internarem! Vão internar a gente. Jogar num asilo, mandar pra um lugar asqueroso. É isso que você quer? Que todo mundo veja nossa loucura? Não vai sair, não! — E seguiu ligeira para a porta do apartamento, plantando-se na frente da irmã, ofegante, de braços cruzados, cabelos molhados, a imagem do medo querendo ser corajoso. Lia, pegando sua antiga bolsa de velha, com todos os seus remédios e quinquilharias, olhou séria e paciente para a irmã:

— Guta, me escute.

— Não tem o que escutar, Lia! Pelo amor de Deus.

— Guta, sai da frente.

— Eu não vou deixar você sair. Vai ter que passar por cima de mim.

Lia continuou parada diante de Augusta, claramente controlando a raiva para tentar manter a imagem de serenidade diante do nervosismo de sua irmã. Eu tinha certeza de que nada a impediria de sair por aquela porta. Lia foi até o sofá, sentou-se e começou a encarar a varanda. Estava melancólica e bonita, eu achei. O gato, escondido e observando tudo de longe desde cedo, começou a se aproximar com curiosidade, e se acomodou no sofá, olhando fixamente para Lia. O que via o gato? Àquela altura as ruas já estavam despertas e era possível ouvir o som dos carros, ônibus, cargas e homens gritando pra lá e pra cá. Ainda assim, o marcar dos ponteiros ressoava ritmadamente, dando à cena um ar ainda mais misterioso, ao menos na minha opinião, porque o badalar dos relógios antigos faz com que as pessoas imediatamente se lembrem de mim. Parece que, ao ouvir aquele som, elas sentem a minha presença. E normalmente não gostam.

Augusta não desistiu e permaneceu de pé, bem em frente à porta. Aos poucos, encarou sua irmã mais nova com menos nervosismo. Augusta parecia intrigada com o silêncio grave da irmã, sentada no sofá. O semblante de Lia era triste, mais parecido com seu rosto de ontem e dos últimos anos. Nós notamos. Sem tirar a vista da rua, Lia resolveu falar por cima do som daqueles ponteiros. Augusta e eu ouvimos.

— Sabe, Guta, dia desses, lá no quarto, a luz ainda era fria pelas frestas da janela e, a contragosto, tive consciência de mim. Não tem sido boa essa consciência. Tento deduzir, todas as manhãs, a atmosfera lá fora. Fecho os olhos numa rebeldia contrariada, porque as enchentes mentais que me afogam chegam muito cedo. Estava melhor antes, em seco e protegida pelo teto do sono. Mas o dia começava a me vencer rápido demais, quando eu já não conseguia me manter dormindo, mesmo desejando tanto. Olhei de novo as frestas e apostei, com esperança: hoje vai fazer frio. Estava sozinha, os lençóis não respiravam ao meu lado. Nunca respiraram. Aqueles instantes são só meus e das minhas deduções meteorológicas. Sempre foram.

Lia sorriu com ternura triste. Augusta estava em alerta, observando, ouvindo a irmã. Tomada pela tristeza na velhice, Lia havia se tornado soturna e reservada, um contrário radical do que fora na juventude. Naquele instante, ela abria, sem aviso, as janelas de si, e Augusta se sentiu espiando o que havia dentro de uma casa, como fazem os intrusos. Mas não havia intromissão, havia a intimidade de sempre. Lia bateu com as duas mãos nas coxas, retomando o pensamento, parecendo sair do breve mergulho que havia feito na falta de companhia que experimentava em sua cama.

— Só que as frestas de sol frio despertaram vontade de livro dentro de mim, Guta. De livro, veja só. De cheiro de livro. Da textura das páginas e do suor que há dentro daquelas letras. A vontade de livro tem cheiro de café quente e cúmplice. Tu não acha, não? E torrada com aquela manteiga amarela que se derrete e derrama sem pudor. Naquele dia, quis poder me levantar, tinha vontade de livraria pequena, quieta e cheirosa. De caminhos a pé, vontade de paz e encontros ao acaso pra suprir a falta do sol. Apesar de que essa falta eu não sinto demais. Amo frios, escuros, mistérios e silêncios mais que os brilhos, você sabe. Ao menos naquele dia, consegui subir na cadeira sozinha, sem nenhuma tragédia. — Lia agora estampava um sorriso que era meio deboche, meio melancolia. — Teve um tempo que eu tava até com prática, até não conseguir mais, a gente falha, mesmo, né. Tu nem descobriu. Fui até a janela, abri e chovia. Não sei nem dizer o que sinto quando chove, Guta. Algo em mim se comove, desaba meio indecorosa, junto com a água. É raro, mas tinha acertado daquela vez: fazia frio. Era uma chuva sonora, companheira e macia. Deu em mim uma vontade de Deus, Guta. Lembrei uma noite, adolescente, quando voltava pra casa e a chuva se derramou num golpe surdo em minha cabeça. Em vez de fugir, olhei ao redor, buscando juízes, não tinha nenhum. Tirei os sapatos, senti o gelo do cimento nos pés e ouvi o som da criação cantando para mim uma canção de amor e súplica. O Tudo me pedia tudo e eu não sentia violência, mas vontade de me entregar bem mansa e com eletricidade. Ali conversei com Deus, íntima como uma esposa, mais derramada por Ele que a própria tempestade. Muito estranho, isso?

Lia fez uma pausa solene. Sem olhar para a irmã, apesar da pergunta, ajeitou as almofadas do sofá por cor. Depois olhou ao redor, observando a sala inteira. Augusta mais parecia uma estátua se dissolvendo quase que imperceptivelmente a cada palavra. Havia muito, ainda que na mesma casa, Augusta não tinha notícias de Lia.

— Mas minha vida de agora é este apartamento, então, naquele dia de chuva, consegui ir pra cadeira sem tu notar nada. Não caí, sorte a minha. Fui até a janela e coloquei a nuca para fora. Imagina, Guta, se tu tivesse entrado pela porta e me visse somente com a cabeça de fora, expondo o pensamento ao céu. A chuva me deu uns golpes de energia, ousados e vivos, e despertou a minha alma. Senti vontade de viver. Os rostos amados, queridos, sentidos pela vida, apareceram como umas saudades manchadas pela lembrança turva, molhada. E pensei em você. O que faria àquela hora da manhã, acordada em sua cama, sozinha? Sei que você andava voltando a uns dissabores do passado. Por amor e gratidão, sentia quase como se fossem minhas as suas dores e, lembrando de você, Guta, tive vontade de filho. Às vezes ainda tenho vontade de filho, veja mesmo que loucura. A essa altura. Os anos de diferença entre nós duas sempre deram uma maternidade meio errada de você por mim. Eu amo isso, gosto de me sentir sua, apesar de às vezes fazer até graça, porque mesmo no afeto e poder de mais velha, você é mais tola. Não sei se tenho isso por ninguém. Essa coisa de mãe que você é e tem por mim. E por todo mundo, na verdade, tem horas que não tem quem aguente.

Lia se levantou. Como estava impressionante daquele jeito. De pé, aberta, rasgada de dentro para fora em sussurros. Havia uma elegância, um poder feminino e temeroso na imagem de Lia fitando Augusta, decidida e calma. A irmã mais velha, a essa altura, vacilava em todos os músculos do rosto.

— Olhe, hoje mesmo, senti uma vontade grande de existir. Quando olhei pro espelho, não pensei, não quis pensar, mas a casa era pouca, de repente. Janelas e uns restos de chuva não me bastariam, Guta. Você não me basta, nem o conforto infeliz das lembranças. Me olhei no espelho e quis amar para existir. Esse querer alargava-se pelos pulmões, por essa pele estranha e lisa e perfurou meu espírito desprevenido pra vontades tão largas àquela hora. Não pela primeira vez, desejei amar o amor. Não bastava. Tive vontade de ser o amor, toda. Quis ser fala-amor, olho-amor. Dente-amor. Morder o mundo feito um pêssego. E foi aí que me achei pequena. E só. É possível sentir e pensar tanto, desse jeito, em poucos minutos? Pelo visto sim, né, Guta? Também tive vontade do Tempo. Me dê mais tempo, Tempo. Seja bom para mim, Tempo, não corra na minha frente, pensei. Como se ele guardasse ou fizesse nascer meus desejos.

Lia se calou outra vez. As pessoas me atribuem forças demais, para não assumirem as que têm. Saber da própria força, às vezes, é mais comprometedor do que simplesmente possuí-la. De potencial a potência, há um caminho bravo. Mas não guardo nem realizo vontades, quanto a isso, sou simples e atento espectador. Dizem que se tivessem mais Tempo, teriam feito, teriam amado, teriam vivido,

teriam uma vida grande.

Como se a culpa das suas demoras fosse minha, porque sou curto.

Mas curtas são as coragens dos homens.

Lia agora estava bem perto de Augusta. Quase rosto com rosto. Havia dado passos enquanto falava. Aquilo mais parecia uma peça de teatro, eu pensei. Era dramática, a mais nova. Performática. Às vezes falava daquele jeito, parecia ter saído de dentro de uma história antiga, de tanto ler, talvez. Usava umas palavras incomuns, fazia associações poéticas, intensas. Por vaidade, quem sabe. Eu estava adorando ser entretido. Tinha demorado para meu nome aparecer na conversa.

— Desejei que ele fosse mais largo, para caber tudo o que era vontade minha. Achei minha vida pouca, implorei que o Tempo fosse mais lento, que esperasse a coragem nascer dentro de mim — agora com um sorriso solene, Lia olhou em direção à porta, e novamente para a irmã —, a coragem de ir embora. Ela chegou, Augusta.

Ela jogou novamente sua bolsa de velha sobre o ombro, reorganizou a camisa por dentro da calça e encarou a irmã num silêncio indagador. Abaixando a cabeça, Augusta deu um passo para o lado, liberando o caminho da porta.

Lia saiu sem medo, como se houvesse, lá fora,

alguma segurança.

E não olhou para trás.

Dilema

Há instantes em que me dilato dentro das pessoas. Como se uma corda, ao ser esticada, ficasse maior, mas ainda é a mesma corda. E fica difícil dar a mim alguma medida, como gostam de fazer e necessitam. Certamente Augusta não saberia dizer, se lhe pedissem para contar, o quanto ficou sozinha comigo dentro daquele apartamento sem Lia. Observando a expressão da jovem contrariada, com respiração sofrida, vi uma briga silenciosa e violenta. Ela tinha gostado de ver Lia andar de novo, havia sonhado e desejado bastante a liberdade da irmã, mas não daquela forma, não para que desaparecesse. A verdade é que Augusta encontrou uma paz vergonhosa e cruel desde que Lia se resignara a sua cama e, de lá, recusou-se a se levantar, havia tantos anos. Foi naquele período que, em meio à piedade e tristeza, Augusta se tornou, novamente, necessária, fundamental, indispensável.

Augusta, como sua mãe, carregava certo constrangimento velado por não ter tido muitos filhos, ainda que houvesse desejado muito. E o povo não aliviava. Augusta era pra ter tido uns cinco filhos, diziam. Quem já viu, uma mãe dessas, uma casa dessas, um sítio desse tamanho, para um menino só? Estraga o menino. Vai ficar insuportável. Se cuida, visse, Augusta? Num instante ele arruma uma namorada, corre pro mundo e te esquece. Augusta, que existia para cuidar e não conhecia outra vida, colocou toda a sua vocação maternal em Jairinho. Mas as atenções maternais de Augusta, apesar de amorosas, eram do jeito dela e tinham de ser a todo custo, porque ela, a mãe das mães, continha a verdade absoluta sobre o bem maior. Isso não era questionável. Só ela sabia o que tinha passado naquele parto. A dor lancinante que afoga o corpo inteiro de agonia e expectativa. E a carne viva em que ficou seu peito para dar de mamar, as noites que passou sem dormir para regar, nutrir, sarar, alisar, amar, espantar a solidão. A vida de Augusta era cheia com Jairinho. Importante, tinha sentido, tinha um mundo de afazeres. Sem surpresa nenhuma, portanto, o que Jairinho fazia, vestia e comia era na régua diligente de sua mãe.

Quando o menino virou homem, na cria das primeiras asas, mal aparecia, quase não dava notícia, não queria ser rastreado – ela enlouquecia. Era a vez dos amigos e, então, das namoradas. Claro que nenhuma mulher era boa o bastante para tudo aquilo que era Jairinho, o centro gravitacional de sua vida, o melhor filho do mundo, o homem dos sonhos, criado por ela. Outra mulher não caberia. Se não era ruim, era má, falsa ou dissimulada; fazia a cabeça do bichinho, era a culpada de toda falta do filho, o coitado, pra que foi se juntar com aquilo? Mas Jairinho saía com os amigos, com as namoradas, e sumia no mundo porque queria viver. Jairinho se casou, Jairinho teve Rosa, só Rosa, mais nenhum filho, parecia uma sina.

E Augusta dizia que Jairinho deveria ter tido pelo menos uns cinco filhos, ela criava, não tinha problema. Mas, nesse caso, ele não quis. Agora é outro tempo, mamãe.

Uma só já dá muito trabalho. E Rosa veio para juntar de novo a mãe e o filho, porque fez nascer uma avó dedicada, que vivia para a neta e fazia de tudo pelo máximo de companhia da criança em suas férias ou nos almoços, jantares, no meio das aulas. Ligava oferecendo o cardápio da semana, contava que tinha essa ou aquela surpresa no aguardo da visita, uma vendedora que mostrava atrativos irresistíveis. Cobrindo Rosa de presentes, ordens e beijos, Augusta ardia de amor pela menina, que dizia ter nela sua segunda mãe. A satisfação de ouvir aquilo.

Vovó Lia era a alegria máxima das farras. Com a neta de Augusta, Lia inventava brincadeiras, fingia que sabia ler o futuro nas linhas de suas mãos, e lhe contava histórias de fantasmas que jurava ter visto no sítio quando tinha sua idade, uma pior que a outra. Essas eram as histórias favoritas de Rosa. Lia era falante e às vezes malvada para se divertir. Mesmo quando começou a perder a vitalidade, quando acabou na cama, acendia um pouco com a neta, buscava cumplicidade para rir ou falar mal de Augusta, sempre com tom de uma terna zombaria. Rosa, já mais velha, também não podia sair sem aprovar a roupa com Lia, que dava seu parecer sempre positivo, mas fingia severa avaliação.

Jairinho aparecia, ligava, brigava, estava sempre por lá. Rosa floresceu proximidades por muitos anos, inclusive acompanhada da nora, que, depois de virar mãe, ficou até boazinha, pensava Augusta. Mas não sabia criar a menina, era abestalhada, coitada. Besta, besta, a pobre. Ainda bem que Augusta existia, ainda bem. Agora, já uma jovem adulta, a neta era raridade. De visita e ligação. Não por mal, mas pela vida, se desculpava. A tal da correria, eu entendo, ela mentia. Se não tinha Rosa, não tinha Jairinho, a não ser por umas visitas esparsas, entre um compromisso e outro, ou em datas importantes. A distância normal da vida, é normal, é normal. Sobrou mesmo Lia e sua imobilidade.

    Lia precisava, sem escapatória, da irmã. Isso dava à mais velha um prazer grande e culpado. Lia saindo pela porta, andando com as próprias pernas ao invés das velhas rodas da cadeira, transportou Augusta para seus momentos de internamentos e exames com a irmã. Tanto hospital que não adiantou, no final das contas. Lia perdeu a chance – e a vontade – de andar. Essa imobilidade acabou por unir as duas sob o mesmo teto. No fim, Augusta ganhava alguma coisa com a desistência de Lia. Talvez um sentido palpável de existir? Tão amplamente ensinada a apenas servir que, sem seus objetos de cuidado, perdia tudo.

    Dentro da lembrança de Augusta, no instante que me dilatou, ela já é uma senhora, porém ainda não tanto, sentada em uma poltrona verde e quadrada, daquelas que tentam parecer simpáticas e confortáveis, mas não passam de poltronas verdes e quadradas. É visível que sua dose sozinha comigo, me vendo passar, está alta. As pessoas perdem um pouco do brilho quando ficam muito em minha companhia. Seu rosto não esconde o marrom cansado e desalegre debaixo dos olhos. Um tom de cor muito familiar para mim. Ela me olha como quem não vê mais nada, achando-me duro e obstinado. Lia está internada para uma série de exames, que a princípio seriam realizados em poucos dias, mas acabaram se arrastando por meses de incertezas, idas e vindas, ideias se apagando. A irmã convive com uma artrite reumatoide avançada e algumas outras fragilidades de saúde desde sempre, entre pulmões, coluna e alma. Mas, de forma repentina, as coisas se agravam. E Lia, em protesto contra aquele insulto da vida, não se cuida, recusa tratamentos, é bastante adepta ao tudo ou nada e escolhe o nada. Talvez achasse que nunca chegaria a um ponto mais crítico. Talvez achasse que seu protesto sem razão traria algum efeito praticamente milagroso, como trouxe em outros momentos da sua vida.

Talvez se achasse, no fundo, inquebrável.

Augusta, diante das escolhas de Lia, passa todos os dias entre a incredulidade e uma revolta inútil. Meu palpite é que isso causou grande parte de todo aquele cansaço que eu vejo no marrom de seus olhos, sentada naquela cadeira verde e quadrada. É difícil quando as pessoas se descobrem impotentes. Normalmente o são, mas é sempre pior quando se dão conta. Enfermeiras passam ocupadas diante dos olhos paralisados de Augusta, que permanecem inabaláveis, olhando para mim sem me ver. O Tempo leva tudo, eles dizem.

A beleza se despede, a juventude se apaga, os dias de sol escurecem. O brilho da pele, os entes queridos, aquelas férias parceladas. Os ternos, os sapatos, os móveis, os invernos também passam comigo, dizem. Levo o que devo, nem sempre gosto do peso das minhas bagagens, mas minha atuação é orquestrada. Engana-se quem pensa que meu trabalho é aleatório ou desordenado. Trabalho em uníssono com a existência das traças, dos cupins, dos vermes e dos ácaros. Navego pelo funcionamento das células, pelas combustões e reações químicas, orgânicas. Conto com o metabolismo dos corpos, com os ciclos solares, com o poder discretamente destrutivo das erosões, erupções e a expansão do universo.

As pessoas têm um pavor velado em estar comigo, eu sei. Pouquíssimos suportam a demora na minha presença. Viram a cara, me ignoram de todas as formas. Ao mínimo sinal de que estamos a sós, eles e eu, já desembainham suas armas para *matar o Tempo*. Declaram o desejo da minha morte sem pudor, com entretenimento a doses bem generosas e com sorrisinhos desesperados. Já vi todas as séries do mundo, as sagas, os filmes, as novelas, os gibis, almanaques, livros, passeios, as conversas arrastadas, conheço todos os joguinhos e entretenimentos diversos que chamam de *passatempo*.

Mandam-me passar, mandam-me morrer, como se já tivessem visto o meu rosto.

Todavia não morro.

São belos, os seres humanos,

mas fugazes.

Não são muitos os que escapam do óbvio e, normalmente, alguns raros gostam de estar comigo, por isso tenho poucos amigos. Quase ninguém sabe ser fraterno comigo até o fim. Gostem ou não, cá estou eu, para contar a história.

Toda ela.

Acostumei-me a ter amigos até onde é possível.

Até quando não viro, para eles, um peso.

Foi meu caso com Lia. Ela era uma amiga interessante, que gostava da minha companhia, eu apreciava também esse gosto dela por mim, mas não durou muito, as durezas que viveu, como sempre, não ajudaram na nossa relação.

Eu nunca me surpreendo, mas não digo que acho boa, essa solidão.

Já aprendi a estar comigo mesmo, senão pararia de vez.

E, ao contrário do que pensam, isso sim seria uma tragédia.

No hospital, diante do vai e vem das enfermeiras, a solidão pesa um peso amargo-sufoco sobre Augusta, dá para ver pelos ombros. Ela vinha se dedicando ao não sofrimento há muito, ainda que não tivesse consciência disso.

Augusta tem um choro engasgado, que teima em não sair, entre a garganta e a boca. Não chora há meses e teria tido todos os motivos para as lágrimas, sem precisar se desculpar com ninguém. Mas eu acho que cansou e algo dentro dela se recusa a lamentar por fora. O semblante é de encharcamento interior, quase uma enchente velada, um vulcão lacrimoso, perigoso, esperando para explodir um dia, não se sabe como nem quando. Ela não entende, acha que secou; que, enfim, é forte. Eu só espero.

Augusta levanta como quem se lembra de algum esquecimento importante e entra num elevador abarrotado de pessoas com crachás de visitantes ou médicos, meio cabisbaixas, meio nervosas. Algumas alheias. Outras, com lanches nas mãos, conversam alto e animadamente entre tantos em silêncio pesado, o que as deixa duplamente fora de contexto. Logo em seguida de Augusta, entra no elevador uma senhora grande e grisalha, arrastando com leveza o que lhe pesa e isso já faz dela uma contradição.

Ao fechar das portas, a mulher olha para Augusta imediatamente, meio demais, talvez, por dentro dos olhos. Ela tenta se esquivar, mas a senhora vai direto para a sua mão, sem pedir licença, como quem segura o trinco de uma porta que estava prestes a fechar.

Os olhos vividos daquela senhora olham tanto e tão fundo que, percebo em Augusta, por trás das suas próprias rugas, a vontade de chorar batendo nas pálpebras. Ela está desprevenida. Desarmada, sem fuga, naquele cubículo lotado. É agora. Um momento de rebeldia inútil, ela tenta desviar a vista para o chão, mas não resiste à estranheza daquela senhora, olhando-a de volta e finalmente

vejo

cair

uma

lágrima.

Só

uma

ou

duas.

Rápidas

e

furtivas,

quase

fugitivas.

— Não é possível viver assim sem chorar.

A senhora diz antes de soltar sua mão e ir embora tranquila, como se não tivesse entrado com tudo. O elevador é verde e quadrado, assim como a cadeira. Talvez as pessoas se sintam mais livres para este tipo de abordagem à queima-alma em lugares onde se sabe haver sofrimento esperado, autorizado de ser.

Nos hospitais, os seres ficam mais humanos, às vezes. Eu acho. Vejo esse tipo de coisa acontecer com certa regularidade nesses ambientes, outras até mais estranhas, inclusive. Mas nunca havia acontecido com ela, posso dizer, já que estou caminhando por corredores verdes ao lado de Augusta, noite e dia, muito mais do que gostaria.

Certa vez, ela fez um trato com Deus. Uma conversa informal. Daquelas na beira da porta. Ou no corredor, quando as pessoas se enganam que, por estarem de pé, vão embora depressa. No entanto, assuntos se esticam descaradamente e o sangue dói pesado nas pernas. Mesmo assim, ninguém se retira. Nesse dia, ela começa, como quem brinca, a listar para Ele algumas pessoas que considera impossíveis de perder. Está, como quem não quer nada, pedindo que Deus a respeite por favor e, naquelas, não toque. É sutilmente imperativa no pedido.

As pessoas e suas listas.

Ela quase perdeu duas da sua conta despretensiosa, logo no ano seguinte daquela conversa. E é por uma delas, logo por Lia, que eu estou ali, saindo com Augusta do elevador, depois de esbarrar na desconhecida que abriu a torneira de
    duas
    ou
    três
    lágrimas
    frias
    e suas.

Duas
ou
três
gotas
tristes
e nuas.

— Chega — ouço-a dizer, não sei se para ela mesma ou mandando ordens para as lágrimas, enquanto enxugava o rosto.

Não demora, Augusta está sozinha comigo de novo, na mesma cadeira quadrada e verde. Está tão cansada, encosta em mim e eu deixo, parece ter se rendido à minha presença. Presto mais atenção e os ombros suspiram em alívio discreto, mas presente. O marrom dos olhos cansados e idosos foi lavado pelas poucas lágrimas que escaparam dali, como se só o sal que vem delas tivesse constituição para limpar aquela parte da dor, tingida pelo rosto. A respiração perdeu a pressa. Augusta inspira e expira como quem lembra que não está mais atrasado
e acalma
o passo.

* * *

Gostei de ver o Amor entrar no elevador naquela tarde. Ele adora trocar de roupa, ficar irreconhecível pelas ruas de um jeito cênico, cinematográfico. Às vezes de uma forma muito bonita, tenho que reconhecer. O Amor, diferente de mim, é muito poético.

Para não dizer exibido, de vez em quando.

Também o conheço muitíssimo bem, nossas reuniões e conversas são sempre necessárias, porque nos ajudamos bastante. Modéstia à parte, poucas parcerias dão tão certo quanto a do Amor e o Tempo. Somos imbatíveis nas curas, maturações, potencializações e purificações de almas sujas demais de si mesmas. Já ouvi dizer que nossa parceria também pode ser catastrófica, o que é uma bobagem no que diz respeito ao nosso trabalho.

Ao sair pela porta, a senhora grande parou, me olhou, me viu e bateu nas minhas costas. O Amor, tocando, abre portas, faz parte de sua atuação. Ainda que doam, portas abertas normalmente aliviam os ombros daquele jeito. Toquei no ombro da senhora-Amor de volta, somos velhos amigos, falamos muito pouco. Eu estava agradecido.

Augusta agora olha, num meio-sorriso, a rua com sua luz quieta, ao som distante de algumas sirenes alarmadas.

Um sorriso de quem precisa de derramamento.

Foi aquela lembrança dos primeiros dias imóveis de Lia que pareceu empurrar Augusta, também agarrando sua bolsa de velha, para fora de casa. Deixando de lado os calçados da neta para colocar suas sandálias ortopédicas diárias, ela bateu a porta atrás de si, abandonando no apartamento um gato de olhos esbugalhados. Contrariada, caminhou com firmeza e pressa entre a vontade de se sentar à espera daquela estranha metamorfose passar e o medo de perder a irmã de vista. Pelo visto, a ânsia de cuidar da caçula venceu mais uma vez.

Ou a necessidade de vigiá-la.

Ou algum desejo de se pôr à prova, que negava.

E de não ficar só.

Êxodo

Já na calçada, as pessoas passavam por Augusta entre olhares de desinteresse, indiferença e alguma admiração furtiva pela mulher de vestido floral, sandálias ortopédicas e cabelos molhados. Com urgência, ela tentou não pensar demais no que os outros estavam vendo. Testemunhavam, varrendo a rua com olhos ligeiros, uma senhora muito idosa em trajes de moça, ou a mesma jovem que ela e a irmã viam dentro do espelho? Quando a olhavam, era simplesmente porque estava ali e não se ignora totalmente um corpo sólido no meio do caminho, ou tentavam disfarçar o estranhamento em ver uma velha com o vestido da neta, que nem lhe coube? Checava insistentemente, com as mãos, as curvas do próprio corpo. Era real demais aquela alucinação ou acontecimento. Controlar o pavor na rua parecia ainda mais difícil, e Augusta duplicou a irritação pela afobação e pelo egoísmo de Lia. Aquela aparvalhada só pensa nela. Só pensa nela. Só pensa nela. Tudo eu, tudo, tudo eu. Quem cuida de mim? Ai, meu Deus, que vergonha.

Logo adiante, do outro lado da rua, avistou Lia.

Estava conversando com os outros pedestres que aguardavam o transporte chegar na parada de ônibus. Não demorou meio instante, o ônibus se aproximou barulhento e invasivo. Lia, tranquila, agradeceu aos colegas que apontavam afirmativamente para o veículo que chegara. Em seguida, para a incredulidade de Augusta, ela subiu no ônibus. Desorientada e enfurecida, Augusta correu em direção à porta que perigava fechar a qualquer instante. Se perdesse aquele ônibus, lhe restaria um dia sem rumo e sem propósito.

Para mim, que conheço as emoções já de vista, foi possível perceber o terror bastante prazeroso de Augusta, ao se ver, simplesmente, correndo daquele jeito. Mais uma vez, olhava o próprio corpo como quem é obrigada a acreditar, de repente, em uma aparição, histórias de carochinha ou qualquer outra sandice. Conforme se apressava para alcançar a irmã, ainda olhava ao redor, como se esperasse dedos em riste: olha a velha de vestido floral tentando correr. Que coisa triste, essa engrenagem sem brilho e força, não vou nunca envelhecer, pensariam. Comigo vai ser diferente, Deus me livre, rezariam. Coitada, deveria estar era em casa, outros diriam. Mas não houve dedo, nem olhares. Nem cansaço no meio do caminho. Por mais fora e distante de todas as regras que havia criado para si mesma nos últimos anos, Augusta teve que se conformar: estava correndo, no meio da rua, subindo num ônibus, para alcançar a irmã não mais cadeirante que subira sozinha.

Já com uma parte dos fios secos e, por isso, livres e, por isso, rebeldes de suas linearidades, Augusta se sentou no banco vazio ao lado da irmã, que a olhou sem surpresa, mas com um sorriso de ardilosa satisfação. Pelo que conheço de Lia, estava contente em ter acertado mais uma vez qual seria a escolha da irmã. E sabia que o movimento seria em direção a ela. Augusta estava consciente de que, agora, seria refém de sua própria escolha em seguir Lia. Então se limitou a uma pergunta:

— Para onde estamos indo?

— Pra casa.

— Então desça desse ônibus logo. Se vamos sair, eu vou dirigir.

— Você agora só sabe ir de carro para a feira ou a igreja, vai se desorientar. E eu não quero perder tempo.

— Me poupe — disse Augusta, levantando-se. — Venha. Eu trouxe as chaves.

Augusta deu seu jeito de manter algum controle para não se largar de vez, e Lia cedeu, porque sabia disso também. Já dentro do carro - herança de Jairo, o falecido marido de Augusta, e do qual ela não abria mão de dirigir, mesmo sob os protestos do filho -, saíram pelas ruas. Cada uma com seu silêncio explosivo, as duas irmãs seguiram juntas, olhando a cidade pela janela, como se fosse a primeira vez.

Rua da União

Após discussões nervosas sobre o caminho, inúteis, pois sempre venciam as rotas de Augusta – que se revelaram impecáveis –, a motorista experiente parou o carro abruptamente na Rua da União, onde haviam vivido anteriormente com os pais. A mesma rua que era tranquila na juventude das duas agora inflava, abarrotada de carros estacionados. Conseguir uma vaga tinha sido outra saga de discussões e xingamentos irritados. A mesma rua que testemunhara o cotidiano da família recém-chegada do interior, depois tão adaptada à cidade, naquela manhã recebia uma nova e antiga versão das jovens, agora mulheres, apesar da idade avançada por dentro.

Até eu observei aquela cena com um certo espanto, achando minha própria confusão belíssima e misteriosa. De vez em quando, sem modéstia, admiro a mim mesmo – e com razão. Escuto tanto as pessoas falando que não sentem possuir, de fato, a idade que têm. Acho que nunca havia visto um retrato tão fiel de uma sensação antes, olhando a imagem daquelas duas saltando do carro em direção à antiga casa, como se esperassem, quem sabe, que ela também houvesse acompanhado aquela regressão. Esperavam se sentir em casa novamente, já que a morada do corpo, por mais familiar que já houvesse sido, estava agora excêntrica e deslocada?

— Haja carro, Lia. Ninguém nem vê as casas mais.

— E esses fios horrorosos? No nosso tempo, a gente tinha mais liberdade de olhar pra cima sem esses riscos grosseiros. Parecem uma rasura nervosa, como se o céu tivesse dado errado e precisaram riscar.

Elas desceram do carro organizando as roupas e olhando ao redor como turistas. Augusta olhou o relógio como sempre.

— Minha Nossa Senhora, já são nove e meia. O dia passa é ligeiro.

— Olha a casa de Dona Lineuza! Virou bar. Ali naquela ótica não é onde morava Nevinha? Tá tudo tão diferente, Guta!

Augusta, agarrada aos braços da irmã, olhava a rua com interesse. Já estavam de bem. Como transitam rápido entre o combate e o amor, os irmãos. Eu gosto disso, acho graça esse esquecimento cotidiano.

— Lia, o povo tá olhando pra gente? Tu já parou pra pensar se tão vendo a gente velha ou moça?

— Acho que veem moças, mesmo.

— Como é que tu sabe? A doidice pode estar somente no juízo da gente — disse Augusta enquanto se virava para encarar a irmã. — Se ajeita, Lia, tá vermelha que parece que passou rouge.

— É o calor.

Augusta penteou os cabelos de Lia com um ar autoritário e terno. E arrastou as palmas das mãos pelas bochechas da irmã, arrancando o suor do seu rosto sem nenhuma cerimônia.

— Quando perguntei qual era o ônibus que deixava perto da Rua da União, me olhavam mais como mulher do que como uma coisa que se quebra. Me olharam como se eu não fosse sozinha e triste. Nem falaram como se estivessem vendo uma criança, sabe? Aquela vozinha explicadinha, que me irrita. E foi mais de uma vez. A gente sabe quando é olhada como mulher, Guta. E a gente sabe quando é olhada como coisa do passado, como se a gente deixasse de ser mulher por causa do Tempo. Hoje me olharam como mulher de novo, tenho certeza. E ainda não sei dizer se gostei.

Aquilo pareceu acalmar um pouco os pensamentos de Augusta, que largou Lia e passou a caminhar mais relaxada, balançando os braços para os lados, quase como se, de repente, estivesse despreocupada. Apesar da desconfiança sobre o julgamento da irmã, preferiu acreditar no que ouviu. Augusta tinha mais medo de estar louca sozinha do que dificuldades em aceitar que estava experimentando aquele desvio da vida porque era obrigada. Saber que os outros viam o mesmo absurdo que ela fez com que se sentisse menos só na estranheza.

Chegaram à frente da casa antiga. Ela conservava a mesma arquitetura colonial, mas as cores eram outras. E havia um letreiro de madeira indicando que ali, agora, funcionava um sebo. O lugar estava praticamente vazio, habitado apenas pelo vendedor e dois estudantes com ar desleixado e cansado, caçando volumes antigos.

— Um sebo, que sorte! Não tem morador, a gente vai poder entrar — disse Lia, com uma excitação quase infantil.

E mergulhou com facilidade entre as prateleiras dos livros, sem olhar nenhum deles. Seu interesse estava no piso, porque ainda tinha a mancha do esmalte escarlate que nunca saíra desde o dia em que ela derrubou um vidro inteiro no canto da sala. No teto e na luminária que ela havia trocado com a mãe, quando Augusta, numa faxina, quebrou a parte de vidro. Lia se agitava numa crescente de alegria e chamava pela irmã, relembrando as histórias em voz alta, de maneira escandalosa, chamando a atenção do vendedor. Acho que Lia não pensou ser inusitado uma mulher de quase trinta anos trovejar lembranças de uma infância naquela casa, quando provavelmente o próprio sebo devia ter algo próximo da sua idade. Augusta, ainda na porta, não entrou. Nem ouvia as lembranças desembestadas da irmã. Aquelas portas e até a calçada ocupada pelos carros do agora, dentro daquele corpo que era seu, mas não era, haviam lhe trazido alguma paralisia. Sei o quanto ela sofre quando pensa que me perdeu, que me perde todo dia. Ela e os outros humanos. As pessoas quase entram num estado de desespero quando pensam em me perder, porque dizem que vou e não volto.

Passo, é verdade.

Mas não saio daqui.

Sou sempre eu a ser vivido.

Sou grande porque permaneço.

Augusta parecia ver o que estava no passado.

— Guta, olha isso! Guta!

Despertando do seu ontem íntimo e esfumaçado, Augusta organizou os cabelos já tomados pela liberdade e entrou, por fim, em casa.

Eu não sei se conseguiria dizer bem o que se passava na alma de Augusta naquele instante. Ela viveu naqueles cômodos sem Lia por um período bastante largo de sua vida. Augusta era a mais velha, tinha suas ânsias sempre secretas, sempre desautorizadas, mas quem deixava mostrar a sede de mundo era Lia. Era Lia quem contava as horas para sair de casa e, por isso, aproveitava qualquer oportunidade que aparecia de viver na rua, para a agonia e o desgosto dos pais. Por isso, maior foi a pressa dos dois em dizer logo um sim aos tantos pretendentes de Lia, aos quais ela se recusava fortemente a se unir sem amor o suficiente para encher os cômodos de uma casa vazia, e não havia quem a convencesse. O pai, inquieto, começara a atribuir a culpa aos livros que a menina degustava com prazer na frente de quem quisesse ver, quase uma pouca vergonha. São só livros, defendia Augusta. Sei bem, retrucava o pai, e não há nada mais perigoso que um livro, Augusta: escreva o que eu digo, seu pai já viu de tudo, seu pai já viu de tudo. Essa tal experiência, porém, não impediu que Lia fosse estudar, financiada por eles mesmos. Era só o magistério, era até bom, diziam. Ocupa a cabeça. Depois disso, Lia virou só visita.

Chegava com seu jeito cativante, exigente, falador, cheio de histórias sobre o curso, sobre as crianças que ensinava, ou sobre como funcionava a biblioteca pública, as delícias das padarias do centro da cidade. Depois passaram a ir até juntos, passear por ali, de tanto que Lia falava. Até os pais taciturnos pareciam encontrar deleite contido, mas visível, ao se sentar à mesa para saber das notícias da vida da filha, em um misto de desconfiança, reprovação e orgulho.

E Augusta ficou em casa, na Rua da União, unida apenas às expectativas externas a ela, tão imperativas que se tornavam suas, então não houve estudo, nem muito mundo para conhecer gente, nem histórias que mudassem além da vizinhança, na qual ela era perita e atuante. Eu via sempre a moça às turras com o padeiro, reclamando altivamente do pão excessivamente torrado, ou ensinando a cabeleireira a fazer o permanente, nunca saindo do salão satisfeita, porque os cachos estavam demasiadamente disformes ou com volume exagerado.

O porto seguro de Augusta era o pai, o mágico de suas vontades. Era aquela dicotomia entre o querer bem e a culpa que atribuía a ele por suas derrotas caladas. Na filha mais velha, o senhor dono do mercadinho mais movimentado da cidade do interior de onde vieram encontrava um espaço mais conhecido para se espalhar. E Augusta tinha nele uma certeza. O único desgosto que dava ao pai era gostar de ler tanto quanto Lia. Augusta devorava todo e qualquer exemplar trazido com gosto pela irmã, o que a deixou uma moça de palavreado culto e algum conhecimento sobre quase tudo, ainda que não se aprofundasse para além do que caía em suas mãos.

Dando os primeiros passos dentro do sebo que, anteriormente, era a sua casa, Augusta tinha vislumbres da figura do pai passando pelos cômodos, imaginando, com um sorriso irônico, qual seria a reação do velho se descobrisse que sua casa tinha virado, justamente, um depósito de livros. Olhou para o local onde estava agora a estante de literatura nacional. Ali ficava a mesa de jantar, onde o pai das duas se sentava sempre à cabeceira, sempre melancólico, sempre segurando a própria testa com a mão direita, de olhos fechados, mexendo sua xícara com mais açúcar que café. E ninguém sabia do que ele se lembrava, quando se sentava daquele jeito. Depois Augusta seguiu para o que hoje abrigava um jardim simpático, onde algumas mesinhas eram ocupadas por pessoas que liam seus livros com ares de intelectualidade presunçosa, somente por estarem sendo vistas, em público, no ato da leitura. Onde estava uma das mesas ficava o carro do seu pai. O carro havia sido uma conquista alcançada quando as meninas já eram adolescentes, fruto de árduo esforço no mercadinho, que crescera muito na cidade e só fechou depois da morte do pai das duas. A família ficou morando no Recife e mantendo os negócios no interior por muitos anos. Era um lá e cá que movimentava a vida, e eles gostavam da agitação importante. O mercadinho fechou, mas o sítio está lá até hoje, com poucas visitas, cuidado por um caseiro e sua família.

E foi mais um daqueles momentos em que alguém corta uma parte de mim, mergulhando no ontem com tanta força que posso ver exatamente onde a pessoa está. Augusta, olhando aquele canto que era do carro, sorria como uma menina. Ela era criança. Gosto desses momentos. Eu estava dentro da lembrança de uma Augusta adolescente.

Tudo é graça para ela. Até a cara emburrada a contragosto que ele veste parece alguma comédia a ser vista e regada a risinhos tão incontidos quanto indiscretos. Mas há ternura na zombaria descarada. E no semblante amuado dele, também, tenho certeza. Sei bastante sobre ele, pois o observo há muito. Um senhor franzino, de passos delicados, não anda nunca com pressa. Tudo nele é passado. Dos sapatos ao cabelo milimetricamente penteado da direita para a esquerda, ele parece pertencer mesmo ao ontem, ainda que esteja, vez por outra, aparentemente à vontade em seus agoras.

— Vamos, Augusta — ele diz, meio nervoso, meio satisfeito.

A moça, já crescida e descoordenada, se descontrola ao sinal de impaciência do seu pai e cai em uma gargalhada de meio deboche, meio brincadeira. Acho desproporcional, concluo que ela está nervosa. Sua irmã, uma pré-adolescente menos menina que Augusta, apesar de mais nova, olha-a com um sorriso cúmplice, sentada no banco de trás.

— Eu já vou na direção.

— Não!

Mas ela se senta ao volante mesmo assim. As duas, agora, parecem à beira de se partirem em risinhos, como crianças, quando se uniam para rir dos pais. Sempre foi assim. É um pouco até hoje.

— Sai daí, eu tenho hora.

Ela sabe que ele não tem. O mundo dele gira ao redor delas. Augusta o deixa pegar a direção e eles saem rumo ao descampado prometido. Ele não teve filho homem. Um desgosto que superou na ternura que aprendeu a ter pelas suas meninas. Uma coisa meio desmedida, costuma dizer. Tem que realizar seus pequenos desejos paternos com elas, ainda que um tanto contrariado. Ele ama carros, se endividou de todas as formas para possuir o tesouro em sua garagem e queria, desde sempre, ensinar um filho a dirigir. Resta à filha dedicada a decisão de não ficar para trás do irmão que não tem e assumir a direção. Ninguém à vista, ela se senta, gloriosa, no lugar dos adultos. Percebo de longe seu olhar meio orgulho, meio ambição, como se a direção fosse definitivamente dela. Mas não é, eu rio. Ela nem imagina a rapidez com que estará forçadamente levando a própria vida com as mãos.

— Você tem que aprender a fazer o carro andar, entendeu? Essa é a parte mais difícil. Começar. Não esqueça. Se fizer algo errado, ele morre antes de sair. Não deixe ele morrer, tem que saber mexer os pés e as mãos assim, assim, assim.

Agora ela está séria com a ideia de deixar algo morrer antes mesmo de sair.

— Eu não consigo, papai.
— Bora, menina, consegue, sim. Se ele morrer, eu resolvo.
— Como, se ele vai morrer?

Para ela as coisas são mais funestas sob essa palavra. Para ele, a morte é parte da família, costumam jantar juntos uma canja de galinha com pão nas tardes tristes. Já viu muita gente morrer. Ela, nessa lembrança, ainda não.

— Menina, eu resolvo e pronto. Vamos.

Ela mexe os pés, o carro agoniza. O pai tenta manter a normalidade, mas parece preocupado e a menina sabe.

O carro morre.

— Desisto! Vou sair daqui para o senhor sentar.
— Não, fique aí.

Augusta parece desolada. Lia começa a rir no banco de trás.

— Pare de rir — ordena o pai à mais nova antes de se voltar para Augusta. —Vamos de novo.

Ele explica com uma paciência atípica, e eu assisto às mortes do pobre carro umas cinco vezes até que, glória, ele se mexe. Gritos, frenesi. Ele se controla para não entrar no clima das duas e perder a autoridade.

— Preste atenção agora! Tá andando. Então você tem que olhar sempre pra frente, entendeu? Olhe sempre pra frente.

Eu concordo com o homem.

— E se aparecer outro carro?

— Deixe que ele siga seu rumo. Você segue o seu prumo. E ponto.

— Mas e se ele bater em mim?

— Se você seguir seu prumo, ele não bate. Se preocupe com o seu.

Ela conduz o automóvel ressuscitado com pose de adulta, como se sempre tivesse decidido seus próprios caminhos. Sem aviso, mesmo na calmaria do descampado, lá vem um automóvel com cara de relíquia encoberta de poeira, correndo de encontro a eles sem dar nenhum sinal de que pararia. Vejo os olhos de Augusta correrem da direita para a esquerda rapidamente, calculando: não dá para seguir seu prumo. Os dois não vão caber ali. Berro. Gritaria. Lia, para ajudar, inicia mais uma gargalhada avulsa. A menina olha para trás e parece achar uma boa solução fazer o mesmo. A gritaria vira rapidamente uma crise de risos com um eco desesperado. O pai parece confuso.

— Parem de rir! Parem de rir!

O pobre carro morre mais uma vez. Percebi que Augusta encolheu as duas pernas por cima do banco e seu pai puxou o freio de mão. O carro empoeirado para tranquilamente, porque já sabe seguir seu rumo alheio aos outros.

— Eu disse que não era pra ficar desesperada, menina burra.

E ele desce do carro desconcertado, para pedir desculpas ao motorista que aguarda. Faz um gesto mostrando a filha na cadeira dos adultos e, com as mãos, indica a ela que saia logo. Ela pula, parecendo um gato, para o banco de passageiros e ele assume a direção com maestria, tirando o carro do meio do caminho. Ela ainda não precisa se preocupar em dar conta de tudo, a vida se resolve fácil demais, mas eu passo depressa, eu passo muito depressa. É o que dizem. O motorista do carro-poeira ri despreocupado com a situação, eu noto. Busco a expressão da menina depois do *burra* nada sutil recebido e vejo que há ternura em seu olhar para o pai dirigindo. Dessa vez ela parece segurar o riso em respeito a seu aborrecimento.

Ela já sabe o que não levar em conta.

Agora está sentada em uma poltrona quadrada e verde. Tudo está escuro. As janelas fechadas, o ar de vigília, o único som vem do monitor ao seu lado, que denuncia os sinais vitais cansados de tanta estrada. Ela não é mais menina. E ele é outro. Há uma sonda em seu nariz idoso e, ao mínimo sinal de distração da moça, ele tenta arrancá-la, incomodado. O semblante amuado de sempre. Ela se levanta.

— Pare, pai. Eu já disse. Não pode tirar isso, não.

E ela segura suas mãos para baixo. As mesmas mãos daquela direção de antigamente. Aquilo parece outra vida, mas é só outra parte de mim.

A noite se emudece cada vez mais, e isso é tudo o que eu tenho para olhar: ela dirigindo as mãos dele para baixo, porque não quer deixá-lo morrer. As horas se arrastam enquanto o olhar do pai de Augusta se perde mais do que se acha; ele não quer dormir de jeito nenhum. Nem parece mais estar ali.

Mas agora está olhando para o rosto dela
com presença.
— Pai?
Ela espera.
— Oi?
Ele responde.
Ela sorri e ele também, com um sorriso mole.
— Olhe pra frente, pai. Olhe sempre pra frente, tome seu prumo, que eu tomo meu rumo. Se o carro parar, eu seguro daqui.

Augusta dirige muito bem.
E a cabeça de passado dele diz que sim.
Claro que diz.
Gosto desses momentos, quando não parece que eu passei.
Ou quando parece que parei
para sempre.
— Guta, olha, a cozinha virou café. Vamos pedir um e sentar aqui?

Augusta voltou para a sua casa de hoje, eu voltei com ela. Lia estava tomada por uma alegria espalhada, olhando Augusta com cautela. Em silêncio, a irmã mais velha se sentou em uma das mesinhas de madeira, próxima à de um estudante que lia uma versão surrada e sem capa de *Cem anos de solidão*, de Gabriel García Márquez. Acho que, para mim, já são muito mais de cem, disse o olhar irônico de Augusta para o livro, ao se sentar amargurada e cansada da viagem que havia feito comigo, contrastando com a animada Lia, que parecia achar divertido olhar um cardápio dentro da própria casa.

— Lembra que a gente tomava chá da tarde aqui atrás? — perguntou Lia, tentando distrair a irmã da tristeza expressa em suas feições. — Augusta, abre essa cara.

Lia tinha esse jeito de rir da vida, como se as coisas não a afetassem da mesma forma, apesar de ser toda dada às memórias e já ter se entregado à tristeza de forma tão profunda que a cama acabou se tornando sua única opção. Augusta, com sua dureza objetiva, levava as pancadas das ondas com mais resiliência para seguir adiante. Lia comentou, com fingida despreocupação:

— Guta, é muito estranho voltar aqui e ver que meteram a mão em tudo, você não acha? Eu sei que a casa não é mais nossa, mas parece que a vida da gente está em cada parede desse lugar e as pessoas mexeram em tudo sem o menor respeito, não sabem onde estão pisando.

— E onde estão pisando?

Augusta perguntou com um tom quase condescendente, achando a irmã dramática. Lia riu.

— Na gente, ali na sala. Nos nossos quadros, naquela parede. No nosso pai, aqui no lugar do carro dele, onde tomamos café com esse povo metido e de nariz empinado. É tudo a mesma coisa, mas outro lugar. Sinto-me na carcaça morta de um parente. Eu não sei se quero ficar aqui, não. Já deu. Vamos embora.

O sorriso se desmanchou do rosto de Lia. Decidida, descansou o cardápio na mesa e cancelou o pedido dos dois expressos para o garçom tatuado do balcão. Era assim, de um extremo a outro, que ia com assustadora facilidade tantas vezes. Se eu não estivesse acostumado, acharia difícil acompanhar.

— Eu preciso de presente, já tem anos que vivo só no passado, cansei. Veja que desmantelo o meu, minha irmã, que triste é a minha existência: num dia, desperto jovem e fujo para o passado. Acho que não havia percebido o meu desespero até você me mostrar.

E, sem aviso, Lia se derramou em um choro descomedido. Augusta não ficou muito espantada pelo choro, porque essas oscilações de tudo ou nada da sua irmã já lhe eram conhecidas, mas não entendeu o que diabos havia mostrado quando viu aquela água toda de novo, tendo em vista que Lia, há muito, era mais um mecanismo responsivo e apagado do que a intensidade que vislumbrava novamente naquele momento. E essa intensidade sempre movia Augusta pelos cantos da vida, ela amava seguir a irmã, porque com ela se sentia mais corajosa e capaz do que sozinha. Até mesmo essa sensação, Augusta havia esquecido. Os estudantes ao redor, discretamente, observaram o choro da moça, com alguma preocupação, e Augusta tentou consolá-la.

— Calma, Lia. Calma, menina, a gente vai arrumar um agora pra viver, viu. Vamos ver, mas pare de chorar que o povo já está pensando que eu lhe bati.

Lia espiou os vizinhos, que desviaram o olhar, constrangidos de serem flagrados observando o choro alheio, um momento íntimo e que, justamente por isso, desperta tanto interesse. As pessoas amam investigar os escondidos dos outros, talvez para encontrar algum mais vexaminoso que os seus próprios ou para se sentirem menos ressentidos naquilo que escondem. Mas Lia se conteve um pouco mais com a consciência de estranhos ao seu redor, outra coisa que havia perdido o costume de ter.

— Vamos ver o Mar, Lia. Deixar tudo isso pra trás e ir à praia, o que me diz? Tu sempre gostou de mergulhar, era toda salgada! Vamos.

Lia se comoveu, porque não se lembrava, como eu mesmo não me lembro, da última vez em que Augusta tomou a iniciativa de ir a algum lugar que não fosse à feira, ao médico ou à igreja – e isso ressentia a mais nova profunda e secretamente. No seu íntimo mais guardado, Lia sentia ainda mais revolta e rancor de sua condição em cima de uma cama, com seu desejo de mundo, enquanto Augusta, tão raiz ou pedra, podia andar livremente e se contentava com os mesmos lugares todos os dias. Ela não teria coragem de dizer, mas era ela quem deveria poder andar, porque seria ela quem valorizaria poder viver.

Não era um sentimento que lhe trazia orgulho e Lia guardava cada odiosidade em silêncios, comentários sutis, frases partidas e longos olhares pela janela, que eu já

sei muito bem o que querem dizer, mesmo quando mudos e dignos. Augusta repetia os dias e, quanto mais fossem iguais, mais segura e branda se sentia. Isso é comum com a idade. As pessoas começam querendo oceanos, depois rios e, de repente,
    se configuram às margens.

Depois de anos com a artrite reumatoide cada vez mais avançada e mais negligenciada por Lia – que já a deixava bastante limitada –, veio uma queda para colocá-la, definitivamente, na cama. Mas ainda tinha jeito. E ela, revoltada porque a queda havia sido demasiadamente banal e, conforme dizia, ridícula – estava subindo as escadas com sacolas nas mãos, perdeu o equilíbrio, caiu uns degraus e quebrou a bacia –, recusava-se ainda mais a receber tratamentos. Justamente a bacia, como tantos outros velhos que não são extraordinários e capazes, como Lia se sentia e se enxergava. Dizia que não precisaria de ajuda, não precisaria daquelas humilhações, ela ficaria boa, sempre apostou num destino bastante notável para si mesma. Talvez por isso um desalento poderoso invadiu o coração daquela mulher naturalmente elegante e acesa, e ela foi desistindo aos poucos, dava trabalho, levou Augusta ao desespero, à raiva, à revolta e à resignação. Sua irmã mais nova e vibrante estava inerte em uma cama. Ninguém esperaria por isso, nem pela desistência teimosa de Lia que, sem sinal algum de vitalidade, entregou-se ao quarto.
    Lia, lá de sua cama, idealizava que seria diferente, imaginava ser melhor do que a irmã mais velha que

podia andar, ou qualquer outro que se prendesse a caminhos conhecidos. Achava que assumiria todos os riscos, mesmo na velhice. Olhando pela janela, Lia se via sempre mais cheia de vigor do que a irmã ou qualquer outro, jovem ou não, passeando novamente por aquelas ruas. Era seu delírio diário, o lugar seguro que ia em sua mente para se sentir em paz e adormecer. De pé. Andando. Pelo mundo.

Eu tenho muitas dúvidas se há, realmente, tanta diferença assim entre as duas. Em minha vasta experiência na observação constante da disparidade abismal entre as ideias e as práticas humanas, ganhei certa tendência a encontrar mais semelhanças nas covardias do que em grandes saltos de coragem entre pessoas que se comparam. Não que elas não existam, longe de mim generalizar essas criaturas breves, porém complexas e até surpreendentes que são as pessoas. Conheci de perto os santos, os conquistadores e os mendigos. Há de tudo dentro deles, universos imensos. Mas são gente. E uma das coisas que me motiva a continuar interessado, passando e contando histórias é, justamente, esse mistério constante que podem guardar as pessoas. Elas se parecem tanto, eu bem sei. Há, nelas, uma veia narrativa quase idêntica, sentidos universais, desejos mesmos, um pulso só de carne, sangue, vontade e espírito. Mas não se repetem. Não se copiam. Não se duplicam.

É o que prende a minha atenção.

É o que não me mata de tédio.

Nascente

Foi em silêncio que as duas irmãs entraram no carro estacionado em um lugar mais afastado da Rua da União. O sol havia transformado o automóvel em um forno pré-aquecido e, ao dar partida, veio o desespero urgente e usual por abrir ao máximo os vidros, para algum respiro entrar e aliviar o calor. Augusta aparentava estar em alguma luta interna, porque não somente havia saído de casa para seguir os passos de Lia, mas continuava a encalçar os impulsos dela, a perseguir as vontades da irmã, quando ela mesma também estava mergulhada em um poço turvo, estranho, caudaloso e repleto de lembranças, desafetos, confusão, desejo, prazer e medo. Onde estava com a cabeça, quando inventou de ir para a praia? Augusta se perguntava em silêncio. Mas seria a última parada, não haveria negociação.

Augusta era uma das poucas mulheres do seu entorno que, na jovem idade, correspondente ao seu corpo daquela época, sabia dirigir. Talvez a única, acrescentava sempre a sua mãe. Especialmente quando passavam as temporadas no interior, onde estava toda a família. Ela se orgulhava disso, era seu ato máximo de rebeldia e liberdade, permitido e ensinado pelo pai. Eu sempre a via assumir uma certa calma quando estava na direção, acho que isso se aplica a todos os pontos de sua vida. Mas seguir a irmã não era benevolência ou apenas algum tipo de cuidado excessivo. A quebra de todas as suas seguranças conhecidas a levou a um estado de torpor que, ao invés de estagnar, a conduzia à ação, a fazer alguma coisa ainda que não houvesse, naquilo, um propósito pessoal ou lógico. Augusta, naquele dia – como em tantos outros –, seguia a irmã para se proteger. E Lia seguia seus desejos porque queria.

Contudo, nada é matemático dentro das criaturas.

Augusta desejava, mas não sabia o quê. Eu mesmo observava.

Ela olhou de lado e percebeu a irmã ainda chorosa e sofrida. No rosto jovem, viu a sombra da tristeza que parou Lia por todos os últimos anos. Uma visão labiríntica, realmente. Os olhos eram brilhantes, mas a apatia, antiga. Augusta se inquietou com a angústia que se instalava de volta e talvez tenha percebido que o clarão contente da antiga Lia lhe estava fazendo algum bem. Puxou assunto, apesar das suas próprias voltas.

— Lia, eu tava aqui lembrando de tantas coisas. Aquela casa parece que tem um capítulo da gente em cada cômodo, não é?

Não houve resposta. No sinal vermelho, dois malabaristas estrangeiros vieram sorrindo, com seus malabares esfarrapados. Augusta insistiu.

— Tava me lembrando do dia em que você nasceu.

— E tu lembra de nada, Guta. Era tão novinha.

— Pois eu lembro de cada detalhe, sabia? De tudo.

— Tu tava no sítio, não foi? Quando eu nasci.

— Sim. Ah, eu estava mesmo elétrica! Era cedinho. Tava preguiçosa, depois da noite turbulenta. Era uma criatura noturna e de imaginação povoada. Mas não foi exatamente minha preferência pela noite que me roubou o sono, né. Foi a expectativa tão alegre quanto pavorosa que sentia, sem saber, com a sua chegada. Eu estava no sítio, com vovó. Dessa vez, tinha sido mandada para lá porque não podia atrapalhar os acontecimentos entre os adultos. Nunca me disseram isso assim, com essas palavras, mas eu sabia. Apesar de não ter, ainda, nem uma década de vida, entendi: não era bom que estivesse por perto.

Lia sorriu de meia boca. Olhou para Augusta com afeição. Tantos anos, ela nunca havia escutado essa história com tantos detalhes. Augusta parecia satisfeita em capturar a atenção da irmã novamente.

— Sentia que não podia atrapalhar o que estava para acontecer, e os velhos se agitavam, nervosos. Mas eu não lembrava de ter sido, antes, inoportuna – apesar de certamente ter sido –, como naquele momento. Você estava para nascer e a àquela altura já compreendia, vagamente, como isso aconteceria. O parto era dentro de casa, mesmo. Naquele tempo, era tudo assim. A imagem que me vinha não parecia muito bonita, envolvia sangue, uma coisa disforme, a pobre de mim. Por isso estava alarmada, mas com preocupação de criança, de angústia dispersa, sem muita solidez, apesar dos sentidos certeiros. Naquela noite, só queria dormir depressa, para ouvir logo a notícia de que não seria mais sozinha no mundo.

— Aposto que isso só te fez ficar mais acordada.

Lia agora já estava com sua elegância despreocupada quase restaurada, apoiando o rosto em uma das mãos, com o cotovelo encostado no vidro da janela e ar de riso. Os viadutos estavam abarrotados de carros envoltos em uma onda transparente de mormaço. A paisagem do Recife se modificava entre a teia desordenada que mistura o velho e o novo da Zona Norte e os empresariais esguios que cercam de vidro espelhado e concreto a Agamenon Magalhães, avenida fervente que divide a cidade. As irmãs dirigiam de palmo a palmo naquele trecho, em direção às ruas muito mais retilíneas da Zona Sul, onde fica a praia, cercada pelo seu paredão de prédios de luxo, que deram seu jeito de reter a brisa do Mar para si.

— Mas é claro. Eu queria ouvir que ganhei uma pessoa só para mim e que me pertenceria. Por isso, trocaria suas roupas, lhe ensinaria tudo que aprendi. Eu, que já sabia de tudo. Você nasceria com muita sorte. Esperava que você pudesse, logo, falar e entender. Eram tantas as coisas para contar à minha nova criatura, chegada tão tardiamente, seis anos depois de mim, uma eternidade. Mostraria que ali, no interior, anda-se descalço. Te ensinaria a desenhar com as cores que quisesses e, nas noites assombradas, teria a sua companhia. Essa era a melhor parte. Eu estava completamente impossibilitada de dormir naquela espera.

Gostei de ouvir a lembrança de Augusta. Também me lembro daquela noite. Não tive opção, senão acabar me arrastando, pesado e amigo, no quarto da criança docemente aflita. Augusta estava leve, risonha, em seu relato. Há muito não a via daquele jeito.

— Durante toda a madrugada, fiz planos, porque, quando o dia viesse, eu seria a mais velha e isso significava perder. Brincaria com as bonecas, ainda? Provavelmente não. Precisarei ensinar minha irmã do que rir, por onde andar, de quem sentir raiva e a se fantasiar do que quiser. E sabe, eu também pensava nas noites que tanto falavam, quando os bebês não dormem. E isso não seria nenhum problema para mim. Poderia cuidar da criança, já que não dormia, para deixar nossa mãe descansar, dando leitinho e cantando músicas de carochinha. Tudo estava planejado na minha cabeça.

Lia e Augusta riram bastante dos planos fantasiosos daquela menina. Nessa parte da fala de Augusta, lembrei que, ali, naquela hora em que eu olhava a menina que planejava o nascimento da outra, fui tomado por um vácuo inoportuno, me senti como em um voo súbito, arrancado de mim mesmo. Uma sensação conhecida, mas que me pega sempre de surpresa.

Quando uma menina, assim, repentina, se sente adulta sem ser, me faz avançar uns anos dentro dela.

— Debaixo das pálpebras, Lia, eu já tinha percebido que o sol estava no quarto, mas aquela expectativa eletrizante parecia que tinha ido embora do meu corpo, que agora estava dormente e mole. Naquela hora, eu esperava, apreensiva. Me recusava a abrir os olhos, apertava-os com força. Com a manhã, veio o medo. Por favor, vovó, não abra a porta. Não me diga que ela nasceu. Não me diga que ela nasceu. Não me diga. Como será que ela é? Eu quero ficar aqui. E se ela não gostar de mim, não quiser ser minha irmã? E se minha mãe não quiser mais ser minha mãe? Nem meu pai? A senhora vai me aceitar aqui pra sempre, vovó? E meu corpo se encolhia feito um feijão.

Augusta contava sua história achando graça. Lia a escutava com consideração. Parece que o amor doeu na sua irmã naquele dia em que ela nasceu.

— A porta se abriu num estrondo danado, vovó não era delicada, lembra? Acorde, menina, sua irmã nasceu, vamos pra lá. Nasceu? Nasceu! É linda, careca, vermelha e sem sobrancelha. Me sentei na cama. E mamãe, tá bem? Tá, tá bem e já perguntou por você. Perguntou por mim? Sim, menina, levante pra gente ir logo. E um sorriso se desmanchou aliviado em mim que, toda valente, parecia ter sacudido o medo para fora das flanelas: você era careca, sem sobrancelha, não podia ser uma ameaça. E, se minha mãe perguntou por mim, tinha deixado que eu voltasse para casa, tudo parecia estar caminhando bem. Todos os meus planos voltaram como uma cachoeira para minha cabeça e eu acho que nunca me troquei, nem nunca comi tão depressa na vida.

Mais uma vez as duas riram. Gargalhavam em uníssono, em um jogo de duplas. O riso, como uma bola, batia na boca de uma, passava pelo olho da outra, para frente e para trás, ganhando potência. As risadas foram crescendo em um espalhamento. Lia não queria deixar a bola cair. Perguntou, ainda em um resto de riso:

— E quando você chegou lá em casa?

— Bom, chegando lá, minha vista logo pousou na barriga da nossa mãe, e tudo parecia bem. Ela sorria. Primeiro peso vencido. Não tinha sangue espalhado pelo chão, como eu imaginei.

— Você e sua cabeça.

— Nem me fale. Então mamãe faz um gesto pra que eu falasse baixinho, porque minha irmã dormia. Venha, Guta, venha ver. Você dormia embrulhada com várias coisas de crochê. Ela é mesmo careca. E não tem sobrancelha, eu disse. É verdade, ria mamãe. Olha a barriga dela respirando! Vai acordar já, já? Eu dizia quase gritando de novo. Vai, vai querer mamar. E vou poder pegar nela? Vai. Vá lavar as mãos. E eu mais parecia uma estrela cadente, entre excitação e medo, em direção ao banheiro. Limpa, eu volto. Você se movimentava irritada. Mãe, ela está acordando, me dá! Não, melhor não, vá tomar banho, você tá suja da rua. A estrela impaciente, dessa vez, pousa no chuveiro, com frenética indignação. Lavei os cabelos, as orelhas e a alma: agora a criatura seria minha. Limpa, voltei para perto de mamãe. Pronto, me dá! Ela já mamou, silêncio, dormiu de novo. Amanhã você pega nela. A frustração não poderia ser maior, por debaixo daqueles cabelos molhados e mal penteados pela pressa. Eu olhava suas bochechas e, sem poder retê-la, amei de longe, passando só os dedos, de leve, pela sua careca.

Augusta ficou em silêncio, olhando para o caminho. E a minha lembrança era que a menina contemplava aquele mistério com uma curiosidade fascinada, repleta, completa e, de novo, fui tragado pelo vácuo.

Augusta, naquele dia
que a irmã nasceu,
envelheceu
de amor por Lia.

O Mar

Não demorou para avistarem o Mar verde e calmo do Recife que exibia uma maré baixa, bastante convidativa para quem caminhava debaixo do sol desavergonhado e ostentoso. Mesmo no meio da semana, alguns banhistas ainda encontravam um instante para arriscar molhar os pés ou um pouco mais nas partes da praia onde – e quem é da cidade sabe – o risco dos tubarões se aproximarem é bem menor, especialmente na maré baixa, entre as piscininhas formadas pelos arrecifes cravados bem perto da beira da praia. Pobres animais, perdidos pela invasão predatória dos homens, levam toda a culpa e o medo nas costas.

As incoerências do mundo são violentas, não os bichos.

Augusta parou o carro sem dificuldade e as duas irmãs atravessaram a avenida escaldante, ainda se espantando quando aceleravam o passo sem esforço, dor ou medo. Ao contrário da irmã, apesar das limitações naturais da idade, Augusta nunca teve problemas mais sérios em relação aos ossos ou às articulações. Eram outras as forças que a seguravam quando via solos ainda não pisados. No relógio das pessoas, eu já estava me aproximando do meio-dia. Não consigo dizer uma frase assim sem me achar ridículo. Não consigo me ver caminhando, minúsculo, entre ponteiros, punhos, paredes e números.

Até a agitação da chegada se acalmar, elas pareciam não ter visto, ainda, a imensidão já esquecida que era olhar para aquele horizonte alargado, com mais ar de imensurável do que de qualquer limite, fronteira ou borda.

O Mar, às vezes, se parece um pouco comigo.

Quando finalmente silenciaram as dezenas de reclamações e ordens mútuas para a travessia da avenida, Lia e Augusta pararam, de repente, absortas em uma contemplação particular e deslumbrada quando viram, de novo, o oceano. Haviam deixado o carro em frente ao Edifício Acaiaca, em sua construção de linhas retas, do fim da década de 50. Uma arquitetura retangular e repleta de janelas que dão ao prédio um ar de caixa de vidro. O lugar acaba por ser um habitual ponto de encontro pela praia.

Por mais que eu passe, essa estranha tradição se mantém entre as gerações dali. Isso quase o transforma em um ponto material e bem concreto de mim,

entre os velhos e os moços.

Os encontros em frente ao Acaiaca abrem uma janela dentro de mim para o passado e o presente. Gosto muito de sinais assim. É tão difícil os ontens se comunicarem bem com os hojes das pessoas.

— Vamos ficar aqui mesmo, Lia?

— Eu queria andar na praia. Vamos andar um pouco, Guta.

Sem responder, Augusta tirou as sandálias ortopédicas dos pés, segurando as duas nas mãos, seguida por Lia, que também tirou os sapatos que pertenciam à neta da irmã. Especulei qual seria a reação de Rosa, se conhecesse a avó com quase a sua idade hoje em dia. Mais uma vez, me diverti em silêncio com a minha própria capacidade. Seria uma bela visão, pensei. Notei que, ali, Augusta não impôs resistência alguma a sair andando pela praia. Precisava apenas dizer que queria ficar, para ser sua irmã a dizer que iriam.

Uma desculpa para si mesma.

Mas a vontade de ir, claramente,

era bem dela.

Augusta foi a primeira a tocar os pés na areia, do seu jeito firme e apressado, que vive como quem quer sempre terminar logo uma obrigação, para seguir concluindo a outra e a outra e a outra. Vive atrasada.

Ainda que a obrigação, a essa altura, seja somente viver.

Estava com atraso de vida.

Os grãos de quartzo, conchas, sal, rochas e verões que compõem a areia penetraram as brechas entre os dedos dos pés de Augusta como um afago agressivo e doce. A areia estava quente, aquecida pelo sol de toda a manhã, mesmo ali, debaixo da sombra dos coqueiros. Aquela presença esquentada e triturada em minerais foi se aninhando pelos espaços da pele e mergulharam os dois pés da velha moça, sempre secos e limpos, em um casulo sujo de mundo, imundo de natureza e vitalidade. A sensação de estar viva ali era fluida e em pó. Pisar na areia da praia é tatear a liberdade e afagar o chão do universo com intimidade. Ali a liberdade é áspera, eletrizante e cálida. Sei porque é clara a diferença que vejo nas sutilezas que aparecem nos rostos dos que tocam a terra calçados ou nus pelos pés. Essas coisas não me fogem à vista. Fora a atitude de voo tranquilo que assumem depois de tocar o mundo descalços. Augusta sentia esse desprendimento dos dedos em contato estreito e misturado com que é criado direto pela mão ousada do mistério, sem toque nenhum de gente, e por isso é mais sagrado, severo, cortante e belo. Os pés de Augusta agora estavam completamente envolvidos pelos pontos de areia que cercavam seus calcanhares e tornozelos, fazendo uma ponte elétrica entre os sentidos dos pés e o resto do corpo, que parecia se contorcer de prazer e calma em todos os poros com aquele mergulho inesperado entre partículas sólidas e despreocupadas.

— A areia tá boa — confessou Augusta, quase pedindo desculpas.

— Tá mesmo. Mas lá na frente vai queimar. Vamos para a beirinha da água, pra passar o calor.

Sem esperar resposta e num arroubo de empolgação, Lia puxou a irmã pela mão com um arranque impetuoso, levando as duas a quase correrem em direção à água do Mar.

— Está quentinha, Guta, do jeito que você gosta! Vamos mais pra frente, tem piscininha por ali.

Lia parecia uma criança. Era louca pelo Mar. Desde menina. Praticamente correndo pela areia, maravilhada apenas pelo ato de se mover como uma coisa extraordinária, sua alma se transportou para seus dias de pequena.

Se fosse bicho, seria um peixe, a pequena Lia pensa. Não porque gosta de peixes, na verdade só admira a beleza que têm, e já havia entendido que não eram belezas a serem retidas. Peixes se rebelam contra aquários com mais sucesso do que os pássaros podem se revoltar contra as gaiolas. Ainda que a libertação dos aquários, muitas vezes, seja bastante trágica para os peixes, quando simplesmente pulam para fora do vidro, sem aviso. E ali se debatem até não haver mais movimento. Preferem essa asfixia e o fim, ao aquário opressor. Preferem a Morte do que a mim, a menina pensa, ofendida, quando perde seu peixinho, pela primeira e última vez. Essas lembranças são demasiadamente perturbadoras, por isso não se agrada de ver nenhum peixe fora do Mar.

Melhor assim.

É pequena, mas quer dar ao imenso o que é imenso.

Esse é o tamanho e o risco

da liberdade.

Por serem, em parte, as meninas criadas em litoral, a praia é quase quintal arenoso da casa de Lia e Augusta, principalmente nos veraneios que chegam em festa, quando o sol dá o máximo de si, com boa vontade. Lia acha que se bicho fosse, seria peixe, pela sua habilidade para nadar e a folia constante de se desafiar a ficar sem respirar debaixo d'água. Ali ela é graciosa e valente. Muitas vezes a vejo fingindo voar quando nada, como se, no lugar da água, houvesse vento sustentando seu corpo magricela. Faz isso de olhos fechados.

Quando tem a chance de estar em uma piscina, brinca de mergulhar em posição de quem medita, cruzando as pernas, imergindo até o fundo, onde há um silêncio total e maravilhoso, onde as agonias de fora se transformam em ecos distantes, quase como lembranças.

Nas profundezas há paz,

mas uma paz perigosa, que não pode durar demais.

Acha injusto, mas não é possível permanecer ali, onde a tranquilidade periga sufocar, e ela se vê obrigada a subir até os ruídos da superfície novamente, para não morrer. Lá toma um gole de barulho e volta. Por isso os veraneios nas praias são tão aguardados. No Mar, tem um mundo a virar pelo avesso: peixes, conchas, caranguejos, marias--farinhas, pedras, cavalos-marinhos, canetas-do-mar, ouriços, mariscos, tatuís, corais com sargaços e algas exibidas, sem contar com uns pés desavisados das suas primas ou tias, que ela ama agarrar de repente, debaixo d'água, na esperança maldosa dos gritos assustados.

O Mar é caprichoso e gosta de mostrar vitalidade. Ela mergulha, metendo-se pelos caminhos infinitos das suas águas limpas, lindas e mornas. E ele deixa de bom grado, mas puxa tudo para dentro, arrastando a menina, da direita para a esquerda, às vezes para longe do que era chão e ela, ainda arrogante e inocente dos perigos, nem nota nem se importa. Quando volta para a superfície – acha que voltará sempre, que é eterna – e olha ao redor, não avista mais a família na areia, nem o coral de referência, muito menos a jangada alaranjada. Ouve os gritos da sua mãe, que vem correndo de longe, enfurecida. Onde você estava? Por que desaparece desse jeito? Volte agora, pare de mergulhar.

E ela ri. Acha graça. Finge obedecer, mas o desejo pelo imenso a toma de novo e lá está, sendo arrastada pelas correntes, confundindo água com vento, como se fosse pássaro. Sempre achei interessante essa coragem irrefletida dos jovens, que chegam a ponto de se verem mais bravos que o Mar, por exemplo. É o que faz a falta de ver o que vejo todos os dias. Em outras palavras, que falta eu faço. Para Lia, ela se atira em maravilha. Para sua mãe, a menina corre o risco de desaparecer para sempre todas as vezes que some debaixo d'água e ali se demora, com sua vaidade em mostrar que domina as águas, sem saber que elas a comandam sem esforço, por todos os lados.

Certo dia o Mar puxa Lia
Para dentro.
Para dentro.
Para dentro.

E porque a menina se demora no fundo, vai mais fundo. Ela, indiferente, só corre atrás dos peixes. Despreocupada, procura o chão, por gostar de chutá-lo com força, como impulso, e voltar para cima.

Desce
desce
desce
falta
o
ar.
Seus
pés
não
acham
nada
firme
para
tocar.

Vejo, com pena, sua expressão de entendimento e medo. Olha com atenção para baixo: abismo. Não há certeza alguma. Olha para cima, o sol parece distante, pálido e trêmulo. Ela nada freneticamente, perdendo toda a graça que costuma ter ao se mover pelas águas, até perfurar a tampa salgada do Mar, respirando, ofegante, com os braços para fora,

como quem nasce.

As pessoas estão parecendo formigas, ela pensa ansiosa.

Duas vozes acenam de longe e gritam para que ela volte. Os gritos mais parecem sussurros de uma memória distante.

Não consigo, ela grita, arfando, de volta. Está muito longe.

O silêncio ali é perigoso e denso.
Lia se sente completamente sozinha.
A formiga sua mãe já está na água, mas impotente àquela distância, e a formiga seu pai ordena que volte, fazendo gestos de braçadas, com tanta autoridade que ela o teme mais do que a seu medo.

E mergulha de novo
dessa vez voltando para cima a cada minuto
para saber se nada para o fundo ou para o raso
como não se importava em olhar antes.

Eu me preocupo, não gostaria muito de ver Lia desaparecer ali, daquele jeito e, ao contrário do que muitos pensam, nunca sei quando a Morte aparece de súbito. Nem tenho nada a ver com o instante que ela tira de mim para agir, porque nunca pede licença, nem precisa de autorização, muito menos é cortês. Peço ao Mar que ajude e não sei se ele me ouve, porque não é de muitas palavras. Resta-me esperar com ela. Mas a menina realmente sabe se mover pelas águas e, pouco depois, Lia já está na areia, agora abraçada e atacada pelos pais, que se agigantam de novo. Ela olha para baixo, tentando explicar que não viu, que a culpa é do Mar, mas não quer nem dizer o nome dele, está magoada, traída. Não esperava essa armadilha silenciosa do seu amigo íntimo, que a levou para o perigo sem avisar.

Como é próprio das crianças, dali um pouco, Lia logo vira riso leve. Quando passo, elas esquecem as mágoas.

Fácil demais, a menina perdoa a traição do seu Mar.

— Aqui está bom, Guta. É rasinho, tem arrecifes, dá para ir! Vamos? — gritou empolgada a Lia de hoje.

— Menina, a gente tá sem maiô. Tá doida?

— Tu não tá doida para entrar nessa água, não? Nesse calor todo? Vamo, Guta.

Lia fez um silêncio de quem decide se fala ou não o que está no pensamento.

— Não sabemos quando teremos essa chance de novo. De entrar no Mar. E se tudo se perder daqui a um segundo? E a gente voltar pra casa?

Augusta pareceu fisgar as palavras de Lia, que, até então, não aparentava querer tocar muito no assunto velado do dia seguinte.

— Pois eu espero mesmo que amanhã a gente esteja de volta ao juízo, Lia. Que Mar, o quê! Que mergulho, menina? Amanhã a gente vai tá normal, se Deus quiser, ave, minha Nossa Senhora!

— É isso que você quer mesmo, Augusta? Que amanhã a gente volte para onde estava?

— Mas é claro, Lia, que pergunta mais tonta. A gente doida pra sempre é uma tragédia!

— Você não tá vendo, não? A gente correu, subiu no ônibus, desceu, não dói nada, não emperra nada. Augusta, eu tô andando!

— Quem disse? Quem disse que você está andando?

— Além de doida, tá cega?

— Pois besta é tu que acredita em tudo que vê num dia desses. Delírio não se explica, Lia. A gente se engana mais pelo desejo do que imagina.

— Das duas ao mesmo tempo?

— Chega, Lia, chega! Amanhã eu tenho certeza de que vai estar tudo normal.

— Não vai. E é terrível que você deseje isso pra mim.

— É terrível desejar que você torne ao juízo, Lia? Mas você é mesmo uma desmiolada, não sei nem o que dizer.

— Não. Que você queira tanto estar andando amanhã, indo sempre para os mesmos lugares sem graça, sem sal e sem futuro, igual a você. E eu volte para aquela cama. Você quer me ver deitada.

Lia não esperou a resposta da irmã, que não viria, porque Augusta a olhava meio em choque, meio revoltada. A mais nova tirou apenas a calça jeans, revelando a roupa íntima que mais parecia um biquíni preto e liso, de tão largo. Ainda vestida com a camisa branca, jogou a calça na areia e entrou no Mar. Tive pena de Augusta naquela hora. Certamente olhou para a irmã com uma compaixão profunda ao vê-la, ali, de roupa e tudo, se jogando nas águas mornas da sua infância como se eu nunca houvesse existido, como se nunca tivesse acontecido uma cama, uma tristeza, uma morte por dentro. Como se a irmã nunca houvesse desaparecido de sua frente mesmo estando debaixo do mesmo teto, nem emudecido a voz que cantava. Augusta, mesmo com medo, desejou que eu parasse imediatamente, ali mesmo, e não seguisse mais adiante: tudo estava bem. Ela não confessaria, mas eu vejo além daquelas palavras duras e repetitivas que proferia. Escutei seu imperativo suplicante. Ela estava satisfeita em sua contrariedade. Não me lembro da última vez que tinha visto o semblante satisfeito daquela senhora insaciável. Ainda que não assumisse. Ainda que a satisfação, para ela, fosse uma guerra por dentro.

— Está bom, Tempo.
— O quê?
— Pode parar.
— Não posso.
— Pode.
— Você sabe que não.

Augusta, para a surpresa de Lia, largou as sandálias ortopédicas na areia e agitou os cabelos escuros que, de tão finos, se arrepiaram imediatamente ao choque do vento. Acompanhou a irmã naquele lugar que não parecia mais raso, tão profunda era a satisfação crescente das duas mulheres. Lia, vendo a irmã entrar na água, sorriu irritada. Jogou água bem na cara de Augusta, que retribuiu o gesto. Foi o suficiente. Os que passavam olhavam a cena, porque elas estavam de roupas comuns, dentro d'água e riam sem parar entre os mergulhos intermitentes. Duas moças vestidas e inebriadas de saudade e sal.

Depois de algum período, as irmãs finalmente se calaram. Augusta começou a boiar na água, com a cabeça voltada para o céu e os olhos fechados. Ela sempre gostou dessa posição quando estava no Mar, dizia secretamente que se sentia imersa no útero do mundo daquele jeito, ouvindo o pulsar líquido, misterioso e grande dos órgãos da Terra. Como filha em formação, era parte flutuante do infinito.

Augusta, dentro da couraça dura e ranzinza de toda uma vida, sempre foi muito sensível. Tinha sua poesia. Era sedenta de amor e portadora de sonhos intensos.

Tão intensos quanto seu medo de sofrer.

Esse era o seu quebra-mar.

Por isso calava tanto, mas eu escuto tudo e a conheço pelo avesso. Ali, vendo uma moça boiando na água como se nada lhe pudesse prender nessa vida, enxergava desejo em seu semblante neutro, como também as cordas invisíveis que continuavam ali, ainda que em suspensão, pela água.

— Guta. Guta. Guta. Augusta!

— Oi!

Augusta colocou, de novo, os pés no chão.

— Eu tava era longe.

— Percebi. Olha, tava lembrando de Jairinho.

— De Jairinho? Por quê?

Augusta ficou séria novamente.

— Porque a padaria dele é logo ali pertinho, eu me lembro muito bem. Tenho certeza que tu também pensou nisso.

— E eu tenho cabeça pra pensar em nada hoje, menina. Mas é cada uma. Me dê mais cinco minutos de paz e a gente vai embora.

Augusta encerrou o assunto voltando irritada para o seu útero. Ela fechou novamente os olhos para espantar o pensamento que, claro, havia aparecido em sua cabeça desde que decidiram ir para a zona sul. A padaria de Jairinho, outra herança do pai, ficava bem perto de onde estavam. Augusta passara grande parte da vida trabalhando diariamente naquele lugar com o marido. Ela fazia o papel de caixa mas, quando estava presente, metia-se em tudo e mandava em todos. Divulgava, entre as prateleiras, sua certeza de que faria tudo melhor que os padeiros, especialmente as tortas e os sonhos. Jairinho, diversas vezes, ia com a mãe porque gostava de brincar por ali e de ser mimado com gostosuras pelos funcionários. Dessa forma, o menino acabou tomando gosto pelos negócios e, crescido, estudou administração. Logo passou a infernizar o pai para modernizar a padaria, para trazer mais requinte e doces finos, pães com fermentações naturais e distintas, tudo para acompanhar as exigências atuais do entorno – onde ele também escolheu viver depois de casado, ainda que longe da mãe.

Augusta pensou em ir até a padaria, há anos não ia lá, porque era longe, ficava com medo de dirigir no trânsito pesado. Não por falta de convite de Jairinho, ele chamava, mas acabavam sempre por perto da casa de Augusta, que não queria nunca se afastar demais, era categórica. Quanto mais distante de casa, mais demoraria para voltar, calculava. Cansei daquela padaria, já vi tanto que cansei, Jairinho, vou outro dia. Vai demorar, vamo aqui mesmo, rapidinho, num instante a gente volta.

Quem diria que estaria ali, dirigindo sozinha, tá vendo? Eu sou viva, eu sou danada, sou parada dura, Jairinho ia ficar era besta se me visse. Mas não ousaria ir até lá como estava, não arriscaria o perigo de ser reconhecida ou, supunha, vista até mesmo como velha, enquanto se via nova.

Um olhar conhecido não era o que Augusta desejava ou suportaria naquele dia. Não que não estivesse morrendo de vontade de ver como estava a reforma da padaria sem ser por foto. Nem que não adoraria comer algumas delícias antigas sentada lá, feito antigamente. Mas afastava o pensamento. Deus me livre, Ave-Maria, logo hoje. Deixa quieto. Essa distância de Jairinho, da padaria e de tudo o que isso trazia, deixou Augusta mais seca, só e focada em Lia, ao longo dos anos.

Tentando rechaçar o cheiro de pão doce com requeijão que quase sentia ao pensar na padaria e na alegria infantil de Jairinho toda vez que abocanhava com gosto a delícia que amava, Augusta ficou de pé novamente. Olhando ao redor, não encontrou Lia. Procurou na areia, onde estavam a calça jeans e os sapatos das duas, mas, ali de longe, só avistou os seus. Se Lia levou tudo, havia partido para longe da areia. Se não estava na areia, aonde teria ido? O pensamento de Augusta despencou direto para o pior possível: estava abandonada. Não houve meio-termo. Era uma certeza. Augusta repetia para si que Lia, farta depois do breve desentendimento das duas, não quis mais ser questionada e fora viver suas aventuras. Fora viver sua liberdade, como sempre havia feito. Arrastara Augusta até a praia porque precisava da agilidade de sua direção, mas havia cansado da irmã mais velha outra vez, deixando-a só, ainda mais só naquela loucura. Uma loucura que, ao menos naquele dia, era das duas. E, mesmo assim, ela não era o suficiente para Lia. Com seu vestido florido e os cabelos grudados na testa de maneira desorganizada e infeliz, Augusta golpeou ferozmente a água salgada.

Ou a si mesma.

— Eu. Sou. Uma. Tonta. Desmiolada. Eu. Sou. Uma. Idiota.

Augusta saiu ofegante do Mar, em contraste com a paz que sentia há pouco. Ainda caminhou de um lado a outro, buscando Lia em alguma das barracas, entre os ambulantes que vendiam coco, camarão, caldinho, raspa-raspa, amendoim, óculos piratas e protetor solar, aos gritos melódicos e repetidos. Não encontrando vestígio da irmã, Augusta se sentou ao lado das suas sandálias, deixando que o sol secasse um pouco a roupa, fazendo planos de voltar, finalmente, para a segurança de casa. Tentou afastar o horror de perder a irmã de vista para sempre. Permaneceriam, as duas, naqueles corpos? Se sim, certamente Lia não voltaria. Mas a quem recorreria? Ela precisa de dinheiro, ao menos de dinheiro. Augusta pensou no que é ser uma mulher desnorteada, perambulando pela rua. Haveria acontecido alguma coisa? Teria sido Lia levada na conversa de algum homem mal-intencionado? Mas tão rápido? Não. Não parecia coisa da irmã, mas tantos anos em casa poderiam ter afetado sua capacidade de compreender o perigo. Na dúvida, ela esperou. Respirando um suspiro com obstáculos, Augusta organizou os cabelos com as pontas dos dedos. Procurou um chuveiro de água doce, tirou o grude incômodo do sal

e voltou para a areia. Ela estava mais curvada, mais frágil, mais idosa, no meio daquela faixa tão grande de praia. A moça envelheceu por dentro e aquele corpo parecia somente uma fachada
    que a guardava.
    Mas não é sempre assim?
    Augusta esperou bastante comigo, mas não sei dizer o quanto passei.

Uns sopros

Aquela imagem desolada de Augusta me fez pensar no avoamento nato de Lia e como esse vento pesava às costas de sua irmã. Metade porque a mais velha atribuía a si mesma a responsabilidade de pouso, já que Lia era dada às alturas. A outra metade era por inveja. Não uma inveja que chegava a desejar a destruição de Lia, nem aquela inveja doentia e má. Disso seu amor seria incapaz. Era uma inveja de desejo, apenas. Mas um desejo tão reprimido, velado, dentro de si mesma, que doía. E doía em direção a Lia. Ia direto para aquela que não se importava tanto. Não é que Lia não se importasse com os outros, ou não se importasse com a irmã. Ela apenas fazia o que queria, ainda que incomodasse os outros, sem grandes dramas ou sofrimentos. Isso, para Augusta, era inconcebível, mas também almejado. Quis ardentemente, diversas vezes, realizar os próprios desejos, sem se importar com o que diriam, pensariam ou esperariam os outros, mas recuava. E se cobria de razões para isso. Augusta sentia o gosto do mundo pelos ventos trazidos por Lia. Era bom, mas doía. E mais ainda quando sua irmã se afastava em uma aparente indiferença pela sua estagnação. Desaparecendo, deixava Augusta sem saber quando teria, de novo, uma sensação de movimento, quando saberia as notícias da vida fora de sua casa, da sua rotina muito bem traçada, daquilo que lhe era obrigatório.

A relação de Lia comigo, por exemplo, sempre fora visceral: ela nunca quis me deixar ir embora, queria me tomar em goles inteiros para não deixar fugir nenhuma oportunidade de aproveitar cada instante de mim. Éramos amigos próximos e eu não costumo guardar afetos muito avizinhados pelas pessoas. Mas Lia me intrigava pelo seu desejo sedento de mundo, do meu gosto. Ela se atropelava, naturalmente, porque ninguém anda retilíneo dentro de tanto desejo. E alguma coisa em mim queria segurá-la pelas beiradas, como quem quer evitar quedas grandes demais. Que estupidez a minha, não? Mas era assim, eu pensava e me sentia assim com ela. Gosto muito de Augusta também, acho que essa mulher é até bastante interessante. A questão é que ela, como a maioria das pessoas, nunca teve grande estima por mim.

Então a minha proximidade livre era quase toda com Lia. Fui interesseiro também. Não é fácil encontrar gente que me ame, mas, fazer o quê? Sou só e sinto prazer em observar qualquer afeto direcionado a mim, ainda que fugaz. Aqui, sendo solitário na existência, me agarro a lampejos pobres de afeição, não me envergonho em assumir nada disso. Existo demais para me envergonhar de qualquer coisa a essa altura. É a verdade. Aos que gostam de mim, acabo dedicando maior atenção

porque preciso.

Eu estava sempre de olho nos passos de Lia com especial interesse. E essa atenção, talvez, não fosse dirigida a ela, mas a mim. O triste é que isso foi mudando aos poucos, eu vi. Quando ela foi deixando de andar, sua sede de mundo foi minguando e morrendo aos cuidados regrados de Augusta. A partir do momento em que Lia se rendeu àquela cama e desistiu de levantar, tive que assistir à rejeição de uma amiga a ponto de me tratar com desafeto, amargura e raiva. Àquela altura, eu estava reduzido à hora de acordar, de tomar banho, comer, tomar o café, fazer a comida, rezar o terço da misericórdia. Era como se esses horários fossem pilares de mim, sustentando o dia e a alma daquelas senhoras em ordem. Lia começou a viver numa corrida ansiosa contra todos aqueles marcos na rotina. A batalha com Augusta era para fazer tudo meia hora antes. Quarenta minutos antes. Uma hora antes. A mais velha ficava em estado de estresse constante, tentando manter os períodos corretos de cada coisa, porque guiavam também os horários dos remédios, além da sua própria vida.

Era óbvio, Lia queria adiantar o dia,
enganar as horas
para o dia acabar mais rápido.
Para seu nada
acabar mais cedo.
Ela queria me passar para trás.

Observei, não sem alguma dor, Lia se afastar de mim dentro do seu coração, o que é ainda mais terrível. Digo isso porque na pele, na realidade crua das coisas, ninguém me afasta. Nem eu me afasto de ninguém, é uma sina obrigatória a minha e a dos humanos: estamos ligados até o fim. Não há saída.

Ver Augusta ali de novo, como há tanto não via, só e abandonada por Lia e seus rompantes, me lembrou de uma tarde única na minha existência. Quando me dei conta de mim mesmo, de maneira bastante peculiar, por conta dos envelhecimentos internos de Lia. E da sua relação comigo.

No meu caso, quando Lia chega aos trinta anos, parece que, para ela, eu me transformo em outro.

Nessa tarde, estou passando pelo quarto de Lia enquanto ela escreve seus rabiscos de sempre em um caderno. É interessante observar sua desorganização, porque nunca termina um bloco de notas sequer, mas escreve em qualquer um que apareça em branco pela frente. Tendo ela vários cadernos, blocos, agendas, papéis ou cadernetas diferentes, o resultado é um pandemônio que só ela compreende e, pelo visto, funciona. Pelo simples prazer de olhar sem ser visto – me aproveito muito dos meus pequenos prazeres –, acomodo-me por trás dos seus ombros para ler o que tanto a deixa entretida, em seriedade despreocupada, por cima da cama.

Não esperava, de maneira alguma, ver o que vejo.

É como ganhar a certeza de que existo e atuo na vida, não somente pela minha natureza que, de alguma forma, bem sei, atua como um maestro que vive para reger os passos do respiro e da morte de tudo. Sei quem sou, isso não me surpreenderia.

Meu espanto nesse instante foi porque eu não sabia que alguém

me ouvia.

Escutava minhas palavras, meus pensamentos, meus conselhos, tais e quais eles saem da minha boca. Ouvir ouvindo, talvez pela orelha. Eu descubro que tenho voz, uma voz que nunca escutei.

Mas, pelo visto, ela sim.

Não era nem um pouco incomum, ao menos com Lia, que eu soprasse ao seu ouvido de vez em quando. Até com Augusta já o fiz algumas vezes. Não costumo me intrometer tanto no geral – uma das características dos velhos como eu é apreciar o poder deleitoso do silêncio. Vejo o efeito imediato de alguns dos meus sopros em suas ações e, por isso, sempre deduzi ser compreendido, mas em forma de sentidos, talvez. De sentimentos, pensei. Ou calafrios.

Mas Lia parece ter anotado naqueles cadernos caóticos tudo o que lhe soprei ao longo da sua existência. Tal e qual eu disse, na mesma desordem e imperatividade, porque me lembro de tudo. O caderno que leio tem um título que me faz tropeçar em meus próprios segundos:

Uns sopros.

E ali estão as minhas frases mais literais, pessoais, diretas, expondo a minha intimidade ilusória de quem pensa não ser ouvido.

Sei dizer coisas terríveis, penso. Que horror.

Talvez eu também seja poeta.

Admiro-me.

Acho que, nas linhas escritas com a mesma intimidade de quem só espera ser lido por si mesmo, mas agora estão sob os olhos de outra pessoa, me sinto nu de minhas proteções.

Eu existo, eu me relaciono, eu tenho uma voz viva, que loucura fabulosa é existir.

Isso poderia soar humilhante diante da minha perpetuidade, se não fosse admirável e o próprio retrato da beleza essa troca que continuo descobrindo

com os menores que eu.

Se bem que ser menor
é crescer para o infinito,
então essas coisas também são tão vis de se definir.
A ordem de grandeza dos outros.

Nesse dia, Lia completa trinta anos de idade. Ela sempre teve pavor a grandes mudanças na aparência. Mais nova, até demonstrava um pouco mais de mesmice no jeito de vestir. Agora parece despreocupada com qualquer ousadia estética. Seus cabelos estão curtíssimos, o corpo já não é somente ossos e ela gosta de umas peças de roupa clássicas, em meio a uns acessórios estranhos, vibrantes, que só não ficam fora de contexto porque lhe caem bem. E ela sabe disso. Mas ali, em casa, está descalça, com um velho vestido desbotado e os cabelos para trás, afastando incômodos. Sente uma ansiedade particular nas últimas semanas e, aparentemente, separou um momento para dar vazão aos pensamentos naquelas páginas confusas. Sua mãe organiza panelas vazias na cozinha da Rua da União, sob o enredo de um cheiro marrom de café.

Impactado por ler minhas palavras ali escritas, não tenho mais nenhuma reação a não ser permanecer quieto, ao lado dela. Pela calma de seus movimentos, sei que sentia minha quietude de bom grado. Mas, como se fosse possível que alguma coisa ainda me surpreendesse ali, ela começa a escrever

para mim.

Não é nenhuma novidade ver palavras dedicadas a mim, já estou bem habituado. Canções, histórias, romances, poemas, livros, epopeias, confidências, filmes, peças de teatro, a filosofia, a religião ou a mitologia, tudo, todas as formas de arte já me usaram como matéria, se declararam em amores de um jeito apavorado ou voraz, cantaram em multidões, lançaram-me maldições ou negaram minha existência. Já fui deus, da Mesopotâmia à Babilônia, já fui grande no Egito, nas Américas, fui mistério em todos os povos. Determinei a caminhada infinita dos seres, do nascimento até a travessia do fim. Sou dono e senhor da ancestralidade, habitante de árvores sagradas, templos misteriosos, escrivão do para sempre. Já fui amigo perto, adversário frio, assaltante de sonhos, vilão, senhor tão bonito, curandeiro mágico e tudo o que permite o espírito, a crença, a imaginação dos afetos em relação a mim.

Não é o episódio de algo dedicado ao meu nome que quase me paralisa no quarto, mas o estranho de ser escrito logo após a leitura abismada dos meus próprios sopros.

Foi compreender, com isso, que Lia desejava, deliberadamente, falar comigo.

Se ela escreve meus sopros, ora, nada mais compreensível que tema o que diria para mim, diretamente.

Sempre estive no mundo, mas, em mim, se inaugura a sensação expectante, carente, triste, insegura e parada da primeira vez que alguém *capaz de me ouvir* vai escrever para mim. Ao menos que eu tenha tido conhecimento. Algo sempre me escapa, claro.

Nem sempre estou prestando atenção.

Até para mim, ainda são muitos os mistérios insondáveis.

A criatura despenteada em sua cama parece ligada ao meu nome de uma maneira estranha, há algo de reciprocidade visível entre ela e eu nesse momento e isso não está nos meus terrenos mais conhecidos.

Eu dou, não recebo. Eu falo, não sou ouvido. Eu curo, alivio perdas, mas não recebo nada em troca. Eu não sabia, até aqui,
o que era um eco.
Ponho-me a ler com certa ansiedade. Uma atormentação vulnerável, como um adolescente que nunca teve, para si, um poema dedicado, ou uma carta, nem bilhete em sala de aula,
nada.
Ainda que tenha tido.
Um pobre, um infeliz de atenção. Ainda que muito falado. Vejo-me quase desesperado por sabe-se lá o que virá. Sem nenhum pudor, debruço-me sobre as linhas misteriosas. A carta é minha, endereçada a mim. Eu tenho todo o direito. Sinto-me embaraçosamente emocionado.

Caro Tempo,

Eu sei que você está aí.
Saiba que sempre soube.
Só que não digo.
Serei franca,
como você é comigo.
Não te odeio por isso,
não me entenda mal.
Às vezes mentimos por amor.
Se o coração é de vidro
não se atira um peso tal.
Algumas pedras podem
quebrá-lo em cacos,
seriam causa de corte.

Quando você passa,
esses tais corações
são matéria mais forte.
Acho que você
é incapaz
desse tipo de amor,
porque não tem
o direito de mentir.
Não lhe são naturais
essas mentiras
de afeto:
você só sabe
tirar os véus
com seu sopro
discreto.
Seu sangue
é todo quente,
de quem não esfria
nem descansa
na calmaria
ou rebuliço.
E eu não te condeno
nem te esqueço
por isso.
Hoje senti a sua presença
por trás dos meus ombros.
Você tem corpo?
Não estou mais sozinha,
mas a culpa não é sua
nem minha.

É das pessoas, Tempo.
E esse gosto não é bom,
não tem jeito.
Tem azedo na boca
e aspereza no peito.
Hoje é meu aniversário,
tem açúcar na mesa
e nas frases de efeito.
O dia abriu nas pessoas
em me dizer o seu nome
necessidade urgente.
Ladainha cansada,
repetição badalada
cantilena pungente.
Sem respiro ou pausa
o assunto é seu nome.
E o que você causa.
Então, trinta anos?
Olha só,
o Tempo está passando.
Já fez tudo o que sonhava?
Olha o mundo rodando, menina.
Todo mundo ganhando,
onde você estava?
Quando era mais nova,
a essa idade,
onde achava que estaria?
E o filho?
Quando vem a cria?

Olha só, lá vai o Tempo,
qual é o seu destino final?
E um marido, que tal?
Olha, com essa idade,
eu já tinha três crias
e sustento seguro.
Agarre a vida,
saia do escuro.
Já se foi o tempo
de mudar de ideia,
onde estão
as suas raízes?
É hora de apontar
as diretrizes.
Não deixe o acaso
tomar seu curso,
porque ele toma,
é verdade.
Isso é uma ruga?
Eu tenho dicas,
disfarce a idade.
Tem que agir, rugir,
antes que seja tarde.
E os desejos guardados,
realizou?
Uma árvore,
plantou?
O Tempo não vai te deixar
vê-la crescer.

E a casa, cadê?
Viu?
Você é feita de barro.
Olhe os outros,
já têm tudo,
não deixe
que lhe tirem sarro.
Trinta, Lia. E agora?
Olhe bem
em quem se espelha.
Entre sorrisos
e brincadeiras,
só ouvia:
velha, velha, velha.

(Você não está velha, eu sopro. Se estivesse, na verdade,
seria maravilhoso, falo baixinho e confidente,
como quem reza.
Lia, velhice
é a dádiva
do bom vivo
que se preza.)

Caro Tempo,
Não há
teia de aranha
tecida
em minha alma.
Não vejo isso
no espelho.

Não há
cheiro de mofo
dentro de mim
ou pelos fios
do meu cabelo.
De tudo o que ouvi,
quem se importa?
Não me vejo.
Não sou morta.
Mas as palavras
são feitas de faca.
E criam rasgos
de muitos tamanhos.
De repente
me vi com você, Tempo,
como se fosse ruim,
Mas não somos
estranhos.
Sua presença
me povoa.
Você pesa, Tempo?
Não dizem
que o Tempo voa?
Amigo antigo
não muda assim,
sem por quê.
Alguns amigos
chegaram
à minha idade

e não lembraram
de você.
Eram moços.
Não havia palavra
sobre seu nome.
É só a mim
que sua força
consome?
As mulheres
te veem passar,
te ouvem
cantando:
parece um zunido
de vento brando.
Você está comigo
desde antes
de mim.
É mistério
que descubro
quando vejo
o dia morrer
no jardim.
Não é bonita
essa sua
simplicidade?
Não há ganância
em seu ofício.
Se não for
de sua natureza
levar,

você rega,
sem sacrifício.
Em sua passagem
há ternura.
Você escuta.
E vê.
E sente.
E sabe.
E cura.
Você parece mãe,
é puro e feroz.
É poder
em cada ponto
do seu corpo
misterioso.
Velhas são
as ideias dos outros
sobre
o que é preciso,
o que é precioso.
A vida é
por minha conta.
E as paixões
que me urgem
o peito.
E a minha menina
aqui dentro
faz tudo
do seu jeito.

Brincando
no quintal
da saudade,
com os pés sujos,
cabelos suados:
êxtase
de liberdade.
Meus pulmões
respiram inflados,
sugando tudo,
pelos outros,
pelas crias,
cri, cri, cri
dos grilos
da minha noite,
do meu sono
profundo.
Há amor
nos grilos,
nas crias,
na seca,
no que
é fecundo.
Trinta anos, Tempo,
e eu já
matei.
Matei
ideias douradas.

Matei
uns sonhos
menores,
para o maior
sobreviver.
Matei
uns amores
descabidos,
para um mais alto
me caber.
Matei a ilusão
de que o mundo
é bom.
E a desilusão
de que o mundo
é mal.
Você passa
e cura as perdas,
afinal.
Obrigada, Tempo.
Você sabe
que não sei
morrer.
Seguro a vida
em meus dedos,
delírio ruim
de reter.
Levantei a voz
para achar
algo perdido,

mas provei
o bendito vazio
que me trouxe
sentido.
Antes amar
do que viver
em busca
de um teto
que não treme
ou grita
quando chove.
Na noite
você esteve
comigo.
E seu passo
me move.
Porque
você existe,
aprendi a esperar,
colher maduro.
A respiração
da folha
equilibrada
no escuro.
Mas não somos
só andantes
dos incertos,
do que não brilha.
Peregrinamos
nos campos verdes.

Quem sabe
não encontramos
jambos roxos
e bons
ao fim da trilha.
E sonhamos,
sonhamos.
Tenho Tempo,
falarei francês.
Tenho Tempo,
cantarei os tons,
debocharei dos clichês.
Serei um fim
de tempestade.
Tenho Tempo,
amarei
com a gana
dos inquietos,
fulgor e santidade.
Tenho Tempo,
descansarei
no ombro
desse ipê-amarelo
que os meus pais
plantaram
porque eu nasci.
É nessas horas
que você
me ensina.

E eu escuto
sua voz
de segredo:

eu que te tenho,
menina.
Você não me retém,
nem me volta.
Você cala,
e eu te ouço.
Você caminha
bem guardada
no meu bolso.

Aceito ficar
ao seu lado,
pose-de-satisfeita.
Vamos
passar juntos.
Eu
com meu corpo
de carne
e o seu pulso
areia-de-ampulheta.
Zombando
dos outros,
que são de aço.
Quando amo
até o extremo
do entendimento,
eu renasço.

Ao som do chamado de sua mãe, Lia fecha o caderno e vai para a cozinha. Eu não a acompanho. Preciso ficar um pouco só. Não sei chorar, mas engasgo alguma sensação que desconhecia. Como se algo frio e rígido se prendesse bem dentro de mim, sem descer a lugar algum.

Lia era minha amiga. Me escrevia cartas.

Não foi fácil perdê-la.

Ainda que estivesse viva,

desistiu de mim.

Augusta disfarçava, envergonhada, suas lágrimas, sentada sozinha naquela praia. Por dentro, acho que ela sentia o mesmo que eu.

Os órfãos de Lia.

Até hoje a lembrança daquelas palavras me comove.

Eu sou assim mesmo.

Mesa posta

Com a roupa e a boca praticamente secas, Augusta se levantou para partir. O abandono e a solidão movimentavam com firmeza cada passo da senhora jovem e ferida. Não sabia mais quando veria a irmã avoada. Não queria mais vê-la, nem ouvir seu nome. Na verdade, Lia precisava sofrer mais, seria bom, muito bom. E aprendesse o que é a vida, finalmente, já que não aprendia nunca. Uma vergonha aquele comportamento. Não tinha jeito. Não tinha para onde correr. Ela era velha, achava que aquele delírio de se ver moça de repente seria alguma mudança? O Tempo não volta. Ele não retrocede e ponto. E fim. Acabou. Era velha. Lia era velha. Era inútil. Precisava de Augusta. Ia perceber, ia ter que aceitar. Mas seria tarde demais, ela já estaria em casa muito bem, obrigada, sem ter que aguentar o egoísmo burro e inconsequente daquela menina.

Quando Augusta subiu o nível da praia, com as sandálias de volta nos pés, protegendo do quente fumegante da areia, avistou uma Lia despreocupada que corria ao seu encontro, vindo da avenida. Sapatos nos pés, roupa quase seca, cabelos presos em um coque, rosto avermelhado, brilhante, dois cocos verdes nas mãos.

— Tá indo pra onde, Guta? Ia me deixar?

Augusta não conseguiu nem responder. Apenas acelerou o passo, obstinada, em direção ao carro, sem olhar mais para a irmã. Lia percebeu a fúria silenciosa de Augusta e também acelerou o passo, em direção à irmã, que já não estava muito perto. Alcançou Augusta, que marchava sem nenhuma hesitação.

— Guta, o que foi? Eu só fui comprar coco pra gente e me distraí com a rua, com os cachorros, os bebês, faz tanto tempo que não vejo gente. Comprei um pra tu, toma.

Mas Augusta não respondeu a nenhum dos apelos de Lia. Atravessou a avenida com a irmã em seu encalço. Ao chegar ao automóvel, Lia se irritou, interpelando a passagem da irmã com os braços, segurando a porta. Um coco em cada mão. Que cena.

A inversão da imagem que vi naquela manhã, antes de Lia sair do apartamento.

— Pra onde você vai?

— Para longe da sua loucura, Lia. É pra lá que eu vou de uma vez por todas!

Lia, mostrando uma força surpreendente para a finura de seus braços, continuou impedindo Augusta de seguir adiante, encarando-a com ferocidade.

— Enlouqueceu?

— Eu enlouqueci? Mas é muita cara de pau, Lia. Não tenho que aturar suas sandices a essa altura da vida mais não, chega! Pra mim chega, entendeu? Chega.

— Mas o que foi que eu fiz, Augusta? Só fui comprar um...

— Deixa de ser sonsa! Sonsa! Me deixou sozinha no Mar, boiando que nem uma bosta, esperando você dar as caras. Saiu, não avisou, e eu fiquei sem saber pra onde você foi. Tô sempre esperando você voltar, Lia, mas você só pensa em você. Só pensa em ir embora e eu que cuide de mim, de papai, de mamãe, de tudo sem você. Sempre esperei tu pelo menos olhar para trás quando partia para onde queria. E só me lembro mesmo da sua nuca decidida a me deixar. Mas já passei da idade de esperar qualquer um ou qualquer coisa. Passei, tô passada demais. Pra mim chega, eu vou embora. Você só não sabe como vai acordar amanhã. Vai ser assim, toda bonitinha e novinha ou de volta naquela cama, me pedindo uma sopa? Esperando eu dizer bom dia e te dar banho? Não sabe, não é? Acorda, Lia. Talvez você volte sempre, mas não é porque quer, não é por mim. Eu sei dirigir, também sei partir, ah, pode crer que eu sei. Desapareça da minha frente.

Lia não se moveu. Permaneceu observando a irmã com um rosto impávido. Sem dizer nada, abriu a porta, mas não para Augusta entrar. Ela mesma saltou pela porta do motorista direto para o banco do passageiro. Sentou-se, colocou o cinto de segurança e encarou a janela, do lado oposto ao de Augusta, como se observasse algo interessante na rua vazia. Acomodou, ao se sentar, os dois cocos sobre as pernas. A outra ofegava um silêncio confuso, olhando para a irmã mais nova. Não entrou no carro, não saiu andando, ficou ali.

— Vamo, Guta. Vamo pra casa.

Augusta não esperava por isso. Habituada ao contraponto constante da irmã, achou que estava sendo enganada e aguardou um pouco mais. Contudo, Lia continuou fixando a rua, sem dizer mais nada. Augusta entrou no carro, ainda mirando a irmã com desconfiada irritação, como se esperasse ser feita de tola a qualquer instante.

— O que deu em você, Lia?
— Nada. Vamos pra casa.
— Não vai dizer que quer ficar aqui na rua, não?
— Você sabe muito bem o que quero. Mas vou para casa.
— Então tudo bem, se você vai comigo é porque quer. Devia ficar aí, tomando sua água de coco e se virar pra voltar depois. Eu vou mesmo pra casa. Vai comigo quem quer!

Augusta deu partida no carro, girando a chave com tanta força que até o carro pareceu engasgar, surpreso de ser desperto daquele jeito. O trânsito estava completamente parado na Avenida Boa Viagem. As duas irmãs permaneceram em um pesado silêncio. Quando começaram a se aproximar da metade da avenida, Lia tirou o cinto de segurança.

— Você tem razão, Augusta. Vai pra casa, eu fico aqui.
— Aqui onde?
— Acabei de ver o restaurante que a gente ia antigamente, tá aberto e eu tô com fome. Vai pra casa comer pão com ovo, depois eu me viro.

O sinal abriu e Augusta acelerou, impedindo que Lia descesse imediatamente.

— Para o carro, Augusta.
— Calma, menina! Não posso parar assim, no meio da rua.

Augusta foi até a próxima esquina, dobrou à esquerda e parou em uma ruazinha sem movimento. Lia estava decidida.

— Que restaurante é esse?

Augusta puxou assunto, como quem quer retardar a descida da irmã. Já estava menos dura, seu rosto misturava incredulidade e um certo medo.

— Aquele do arroz de polvo.

Lia desceu do carro e voltou para a avenida até sumir da vista de Augusta, que esperou, olhando pelo retrovisor, ao menos algum convite da irmã, ou uma olhada para trás, que não aconteceu. Parecia inacreditável. Era o terceiro abandono do dia. Dessa vez, porém, Augusta se sentia dividida entre a raiva, o orgulho e a dúvida. Dentro do carro ligado, o orgulho ardia tanto quanto o sol que esquentava a lataria do lado de fora. Deveria ir para casa, deveria ir para casa, deveria voltar e deixar aquela birra nojenta de lado. E Lia que se virasse. Arroz de polvo, que besteira. Já comi tanto que enjoei, quem quer isso uma hora dessas? Que besteira, que besteira.

Mas Augusta sentia, no fundo da sua angústia e vergonha, o gosto do arroz impregnado na memória. Fora que agora já estava toda enrolada, mesmo, já tinha até entrado no Mar. Uma hora a mais, uma hora a menos, que diferença faria? E se Lia inventasse de não dormir em casa, de desaparecer? Se no dia seguinte tudo continuasse como estava naquele instante, a quem recorreria? Jairinho? A ideia deu calafrios em Augusta. Não, não, não. É melhor uma horinha aqui e eu levo a doida de volta pra casa, do que amanhã me ferrar todinha só, sem ter pra onde correr. Vou fazer o quê? A solidão raivosa veio como um veredicto final que fez Augusta dar a volta no quarteirão, contrariada e secretamente ansiosa pelo cheiro de coentro, polvo e brisa.

Lia havia escolhido uma mesa com vista para o Mar, do lado de dentro do restaurante que não havia renovado a arquitetura, mantendo com vanglória a sua cara de passado. Quando Lia avistou Augusta se aproximando em passos lentos, depois de estacionar, segurou o riso com algum resquício de respeito e acenou para a irmã.

Tenho certeza da sua completa satisfação.

A volta – não sei bem se inesperada – da irmã mais velha deixou Lia muito mais branda do que estava antes, dentro do carro. Augusta não conseguia dizer nada. Lia se levantou, pegou a bolsa da irmã e puxou uma cadeira para ela. Resolveu facilitar as coisas.

— Eu nunca deixei você — começou Lia, com uma voz calma. — Todas as vezes que parti era pra você que eu queria voltar. E por você que eu voltava. E, por causa de você, hoje em dia, aquela cama não é uma gaiola totalmente insuportável. Mas eu não quero pensar naquela cama agora, Guta.

Lia falava de um lugar maduro, dentro daquele corpo de moça. Era uma visão estranha e bonita para mim, a combinação ideal com a qual escuto tanta gente sonhar. Queria seu corpinho e a minha cabeça de hoje, dizem as mães para as filhas inseguras e melancólicas, escondendo tudo o que detestam em si mesmas com angústia. Aquelas duas eram uma vida inteira vivida.

Lia vencera de novo. Ou Augusta vencera tantas outras coisas de si mesma, desistindo de voltar para casa? Não pude deixar de me surpreender, não esperaria esse desfecho se me lembrasse da cena lamentável que foi Augusta, sozinha, chorando na areia da praia, nutrindo ódio mortal por Lia. É o esquecimento dos irmãos. Augusta finalmente conseguiu dizer alguma coisa.

— Vá sentando e pedindo. Eu vou terminar de tirar o sal e me ajeitar no banheiro.

Lia meteu uma enxurrada de beijos em Augusta, indo da bochecha para o pescoço, do pescoço para a barriga, entre pequenos gritinhos de agitação. Augusta, em um meio sorriso de contrariedade e afeto, dava palmadas defensivas em Lia, olhando para a irmã como quem vê um cachorrinho pego no flagra. Esse sempre havia sido seu olhar, antes de ontem era assim, quando os cabelos de Lia ainda estavam brancos. Nada mudou.

Lia despencou na mesa escolhida, agarrando o cardápio e aproveitando o ar-condicionado que salva as pessoas em dias quentes como aquele. O vento gelado restituiria alguma dignidade à aparência que tinham – de roupas encardidas e tiradas do varal antes da hora. Augusta seguiu direto para o banheiro que cheirava a lavanda e água sanitária. Inúmeras vezes havia levado seu filho para lavar as mãos naquelas pias. Como também havia acompanhado seus pais, caminhando em um trocar de pés frágil e devagar em direção ao mesmo banheiro, nos domingos de aniversário, quando se permitiam extravagâncias como sair para comer fora, porque também amavam pratos de frutos do Mar. Havia anos que Augusta não ia a um restaurante, não saía de casa para nada que não fosse necessário. De frente para a pia, mais uma vez ela encontrou aquela estranha dentro do espelho. Sem susto, apesar de continuar impossível se acostumar com a imagem que via, Augusta encarou a jovem avermelhada com cumplicidade. Uma imagem humilde, em seu orgulho. Gostei de ver.

Lavou as mãos com sabão, sentiu o cheiro suave sobre os dedos, percebendo mais uma vez que havia pele de menos, procurando as marcas, as queimaduras, a história dos seus toques. Suas mãos eram quase um quadro em branco novamente e ela se reconhecia se estranhando. Lavou o rosto, a nuca, os braços. Passou bem os dedos entre os fios dos cabelos para ordená-los meticulosamente de novo, bem divididos e colocados por trás das orelhas. Olhou para os lados, banheiro vazio, tentou também limpar um pouco os pés por cima da pia, em um contorcionismo desequilibrado e pouco eficaz, que a fez rir em voz alta daquele absurdo, tapando a boca com as mãos. Ainda ontem eu estaria no chão, se me movesse dois centímetros de tudo isso, disse para si, limpando o outro pé e, em seguida, o chão molhado. Retirando diversas toalhas de papel, foi secando o excesso de água que ainda não havia saído bem. Numa prateleirinha ao lado direito, havia alguns itens de higiene pessoal e Augusta reforçou o desodorante. Parecia mais digna de estar ali agora. Mais uma vez, demorou-se no espelho diante da antiga mulher que fora.

— Acho que amanhã você vai embora.

Disse baixinho, com voz grossa.

— Vamos tentar ficar de bem por hoje. Acho que vou me aproveitar de você.

Em um sorriso maldoso e leve, Augusta voltou para perto da irmã. Eu adoro ver pessoas endurecidas em seus momentos de intimidade, porque vislumbro uma das coisas mais poderosas e, tantas vezes, menosprezadas pelos humanos.

O bom humor.

— Vá se lavar, Lia.

Lia se levantou antes que Augusta concluísse o comando.

— Já fiz todos os pedidos que a gente gosta, Guta. Minha barriga já está roncando! Estou muito animada! Você não está animada?

— Vá logo se lavar, menina.

Sozinha na mesa, Augusta percebeu um rapaz que a encarava sem muito pudor na mesa ao lado. Primeiro, ela se demorou no olhar do moço, que devia conhecê-la, para a estar encarando daquela maneira. Bastaram alguns segundos para ela compreender que aquilo era improvável, porque se mal via a neta ultimamente, muito menos conheceria os amigos dela. Abaixou o rosto nervosa e incomodada com a invasão. Retomou o olhar para checar o nível da ousadia do rapaz e percebeu que ele continuava decidido a sustentar seu interesse. Em poucos instantes, consegui observar nos músculos do rosto de Augusta uma mistura de incredulidade, ruborização, vontade de rir e vergonha alheia, além de uma enorme dificuldade de saber o que fazer com os braços. Augusta trocou de cadeira para dar as costas ao rapaz e voltou a admirar o Mar. De volta à privacidade de sua expressão, rendeu-se a uma risada discreta. Estava lisonjeada e se sentia um tanto ridícula por isso. Era só o que faltava, sussurrou.

Lia retornou devidamente organizada e se sentou ao lado de Augusta, que a aguardava com um olhar de novidade.

— Aquele rapaz ali. Não olhe. Ali. Estava me paquerando.
— Mas minha gente!
Lia teve um pequeno ataque de risinhos e encarou o rapaz sem muita discrição.
— Disfarça, menina!
— Ah, mas ele é um pão!
— Cala a boca, Lia!
Mas Augusta não se segurava e as duas voltaram a rir sinceramente juntas. O sol estava um pouco mais baixo na tarde que se iniciava. Seus rostos estavam claros e leves. Eu comecei a rir também. O garçom apareceu, bastante simpático, depositando uns drinques coloridos na mesa.
— Uma caipiroska para você e uma mentiroska para você.
— Mentiroska? — perguntou Augusta, segurando o copo avermelhado em tons de roxo, verde e amarelo, com uma florzinha colocada no copo.
— É drinque sem álcool, a senhora está dirigindo, ela me disse.
O garçom saiu divertido e Augusta jogou a flor na irmã.
— Se eu paquerasse aquele brotinho ali eu seria isso, uma mentiroska.
As duas entraram em mais um mergulho de risadas e o rapaz da mesa ao lado percebeu ser o alvo, com uma expressão desconfiada se era por sucesso ou deboche. As entradas que Lia havia pedido chegaram à mesa: casquinho de caranguejo, com uns pedaços de limão ao lado e uma farofa amarelada por cima. Lia observou Augusta com alegre interesse.

— Casquinho! — exclamou Augusta, perdendo o habitual comedimento e mau gosto em demonstrar satisfação. Eu também gosto bastante de ver as pessoas quando se sentam à mesa para comer. Claro, há muitas mesas que são tristes, terríveis, especialmente quando não há nada no prato ou se o que há não é digno de ninguém. Ou quando aquela refeição vai selar o fim de algo que foi amado, um acordo de friezas, uma mentira. A mesa é lugar de muitos lugares.

Eu gosto quando ela é essa intercessão entre o deleite de colocar para dentro um sabor revigorante e um santuário de intimidade. Aquelas duas irmãs nunca deixaram de se sentar à mesa juntas. Entre sopas, pães, cafés, bolos, galinhas guisadas, feijões, arrozes, frutas e vitaminas. A mesa nunca deixou de ser, para elas, lugar de memória. Eu observava Augusta, todos os dias, nas três refeições, organizando meticulosamente todos os detalhes.

Depois a via empurrar a cadeira de rodas de Lia sempre para o mesmo lugar e contar quem viu na feira, como estavam as frutas, se a padaria estava cheia, se o dono estava de mau humor, se as contas estavam pagas. Outro dia, contava os remédios que estavam em falta na farmácia, as confusões da fila do banco, as conversas do porteiro, o preço da gasolina. Ou as breves novidades da neta, que ligava quase nunca e contava alguma coisa da sua vida, com certa urgência em desligar para continuar a cuidar de suas importâncias. Essas ligações rendiam assunto por vários dias entre as duas, em comentários, muitas repetições e especulações. Em algumas tardes especialmente monótonas, Augusta ligava para Rosa, na intenção de saber um pouco mais, o que era, para ela, dobrar um pouco o orgulho. Eram os mais novos que deveriam procurar os mais velhos, nunca o contrário.

A mesa de Augusta e Lia era o momento reservado para conversa, o resto do dia passava mais mudo, com as intervenções da televisão, sempre muito alta, enchendo a casa de gente. À mesa, a Lia melancólica e dura do cotidiano recente das duas se interessava pelos relatos intermináveis de Augusta e repetia sempre os mesmos comentários que ressoavam bem na irmã. Uma ironia, uma maldade sobre alguém que Augusta não gostava, uma pergunta qualquer para que continuasse a falar. As refeições demarcavam os principais eventos do dia, foco de toda a preocupação, empenho e eficiência de Augusta: o café, o almoço, o lanche da tarde e o jantar. E o compromisso em garantir aquilo que cada uma gostava, do jeito que gostava. Com o prato de cada uma, a xícara correta ao gosto das duas, os guardanapos sempre brancos, exceto em datas festivas, quando Augusta comprava uns coloridos e extravagantes que via no supermercado.

Nessa rotina, o gosto pelas coisas do Mar havia ficado esquecido. A tirar por umas tilápias em dias de semana ou outro peixe na Semana Santa, ou quando morria alguém da família. No interior, em dias de funeral, só se come peixe, nunca carne. Costume que jamais deixaram de lado. Na idade das duas, o número de funerais a que compareciam se multiplicava. O interesse pelos restaurantes foi para um lugar mais amargo da memória de Augusta, e Lia não parecia se importar. Havia muito não fazia questão de nada, um abismo da Lia de antes, que exigia tudo da vida. Eu já cansei de restaurante, Augusta repetia. Já fui tanto que cansei, já fui para tudo quanto é restaurante que enjoei, gosto mais da minha casinha, mesmo. Quero lá saber de restaurante. E os dias seguiam assim.

Naquele início de tarde, o que o garçom sorridente já havia levado à mesa parecia uma boa lembrança a ser degustada com saudade, êxtase e prazer explícitos pelas duas senhoras.

— Lia, casquinho de caranguejo é a cara de papai — Augusta segurava o casquinho como quem sustenta uma pedra preciosa, mas está com pena dela. — Ele gostava com limão, a gente aprendeu com ele a comer casquinho com limão, lembra?

— Lembro.

Augusta espremeu o limão por cima do casquinho com muito cuidado. Deu pequenas colheradas na pasta quente e suculenta do salgado, colocou na boca em um silêncio solene, de olhos fechados. Lia observava a cena sem tocar no seu casquinho. Uma das coisas que mais fazem as pessoas voltar em mim são cheiros e sabores. Elas se transportam para o passado no exato instante em que cheiram uma tinta usada na infância, o perfume de uma avó, ou provam de novo o gosto de um dia, de um amor, de um passado ou de uma amargura. Se eu fosse qualquer um dos sentidos, seria o cheiro.

Lia e Augusta estavam com o pai de novo, por causa daquele quitute do Mar. O pai das duas era um homem do campo, amante das estradas e das águas, sem ver nisso antagonismo algum. E assim fez ser as duas filhas.

— Come, menina. Tá uma delícia.

Augusta já estava incomodada por comer sozinha. Lia também provou seu casquinho, depois de espremer com igual cuidado umas gotas de limão por cima dele.

No silêncio, cada uma entrou, por uns segundos, em suas próprias gavetas onde guardavam os gostos e os desgostos com um pai que já havia deixado de comer, falar e ouvir, mas era vivo e nítido como um filme que nunca se acaba.

— Eu sempre fiz tudo o que ele queria. Você fez o contrário. Acho que ele sonhava através de você e se via em mim. Eu sou como ele: quadradinha.

Lia ouvia com atenção aquela rara abertura da sua irmã.

— Você se arrepende da sua vida, Guta?

— Não, eu não. A essa altura, se eu pudesse, tinha feito umas coisas de outro jeito. Tudo, não. Porque eu tive meu marido, tive Jairo. E por causa dele, eu tive Jairinho, que é tudo pra mim. E Ivo, daquele jeito antigo dele, era a minha boia no oceano. Ele me acalmava, quando não me fazia tormenta. À sua maneira, com a cabeça quase igual à de papai, me amava. E eu fui amada. Isso é uma coisa a se lembrar para sempre. Também foi bom, era um homem bom. Tinha lá seus defeitos, você sabe muito bem. Não me deixava comprar o que queria, escondia a carteira de mim, eu morria de raiva. Quando se arretava, gritava que nem um trovão, quebrava uma coisa ou outra na parede, mas eu não ligava. Era o homem comigo, nunca me deixou faltar nada, mesmo na morte. Agora sou eu só, eu e você.

— Mas o que teria sido diferente?

Augusta raspou os últimos vestígios do seu casquinho de caranguejo. Cruzou os braços por cima da mesa de maneira graciosa. Augusta é bonita. E era bonita ontem também, pensei.

— Eu acho que teria estudado, Lia. Feito medicina, nunca tive medo de sangue, gosto de cuidar de doente, limpei todas as feridas do meu filho, da minha neta, das tias, tinha gosto mesmo por essas coisas. Mas imagine só, naquele tempo, lá em casa, eu, médica.

Lia sorriu, complacente. Nunca havia ouvido a irmã confessar o que gostaria de ter feito na vida. Muito menos o que teria feito diferente. Aquela mesa era, sem dúvida, tão singular quanto o resto do dia. E onde tudo é estranho, o raro se torna comum aos olhos, aos ouvidos, aos bons sensos, aos julgamentos ultrapassados.

— É mesmo. Você sempre foi carniceira. E preocupada com a vida dos outros.

Augusta percebeu a ambiguidade e jogou sua colher na irmã com boa pontaria. Lia se defendeu sem surpresa, achando graça.

— Mas papai não deixaria de jeito nenhum. Até parece... Não sei como deixou tu fazer o magistério. Foi de tanto que infernizasse – e porque ele já sabia que contigo não tinha jeito. E aí o jeito era eu. E fui vivendo.

— Eu não aguentava essas imposições de papai.

— Porque tinha eu para aguentar. E dirigir pra ele, depois que ficou velho. Depois pra você, quando desistiu de vez e se abraçou com aquela cama.

— Você fala de um jeito. Afe, Guta.

— Que jeito? Foi isso mesmo!

— Até parece que foi assim, que um belo dia eu simplesmente desisti pra tu virar minha motorista. De cadeira e de carro.

— Foi isso mesmo, Lia. O doutor disse que você ainda tinha jeito.

— Que jeito, Guta? Que jeito? Era dor em tudo, tudo doía, tudo era dor. Não aguentava mais essa coisa de tentar. E não acredito que você tá falando nisso de novo. Doía a artrite reumatoide, doía tudo da perna, doía sentar, doía deitar, doía dormir, doía deixar quem eu era lá fora.

— É que você é tudo ou nada, Lia. Igual a papai. Taí, nisso você é ele todinha. Ele também perdeu muita coisa na vida com essa coisa extremada. Ou faz o que quer, ou morre, vai morrer. Sei não. Não podia ter ficado melhorzinha? Podia, Lia. Podia ter uma bengalinha, mas ir de um canto pro outro, sozinha, ir ali numa pracinha. Ir comigo ao mercado. Mas de novo você foi pro tudo ou nada. Ficou no nada. Pronto. E deixou tudo pra cima de mim.

O garçom, cirúrgico, cortou a conversa chegando animadamente com o prato principal. Com ar de equilibrista performático, depositou os pratos na mesa anunciando cada um, sem notar o clima radicalmente oposto do que havia deixado na mesa instantes antes.

— Arroz de polvo, saladinha, batatas à moda da casa.

— Obrigada, Marcos.

Lia sorriu para o homem, que saiu satisfeito, devolvendo o silêncio para as duas. O constrangimento não existia mais naquela relação tão antiga quanto imbricada entre as duas. Havia mágoa, silêncios guardados e irritações constantes. Constrangimento, não.

— Eu pedi arroz de polvo.

Lia anunciou o que já havia sido anunciado. Augusta não se mostrou interessada, mas observou o prato suculento, com um arroz avermelhado pelo molho, os detalhes verdes dos vegetais que temperavam o prato se sobressaindo aos pedaços bem cortados do polvo macio. Lia começou a se servir. Primeiro o arroz de polvo, depois as batatas e um pouco de salada. Augusta, com um olhar de desgosto indiferente, começou a se servir pelas batatas. As duas provaram o prato em silêncio. Minutos depois, Lia descansou o garfo, com o prato ainda pela metade, e encarou a irmã.

— Eu não pensei em você quando não quis mais me tratar da artrite reumatoide.

Augusta lançou para Lia uma expressão interessada. Acho que não esperava ouvir aquilo.

— Como é?

— Eu não pensei em você, Guta. Você diz que eu sou tudo ou nada e é verdade, não tenho nem mais idade nem cara para dizer que não. Ainda mais pra você. Eu sou assim mesmo e, numa idiotice de tudo ou nada, naquele tempo, deixei você com um peso muito grande e maior do que imaginei que carregaria se eu não andasse mais. Não pensei em você, Guta, só pensei em mim e na dor que não conseguia suportar pelo corpo, mas principalmente na dor que era depender de outra pessoa. Na dor que era perder minha liberdade de fazer o que quisesse, de decidir minhas coisas, de ter minha casinha, meu canto, o que me desse na telha. Minha cabeça não teve artrite e se rebelava, Guta. Como sempre, achei que se espernasse, protestasse, brigasse com a realidade, ela se curvaria às minhas vontades. Sei que deixei todo mundo desesperado. E quando vi, não tinha mais como voltar atrás.

— Tinha sim. Até hoje mesmo a gente podia tentar de novo.

— Eu não sabia mais voltar atrás, Guta. A gente esquece como ser feliz, quando sangra. Sou uma pedra fincada no chão de vez em quando. Entenda. Foi a tristeza que me prendeu.

Lia continuava a encarar Augusta serenamente, sem nenhum sinal de sorriso no rosto, já tocado pelos raios da tarde um pouco mais avançada que douravam a orla. A sombra da melancolia aninhada entre os dois olhos e as mãos fechadas de Lia. Aquilo pareceu ter amolecido Augusta, que segurou a mão endurecida da sua irmã mais nova.

— Você nunca foi um peso pra mim, entendeu? Nunca. Só tive raiva porque sei que você teria sido mais feliz se não tivesse desistido. Ficou tudo mais complicado pra mim, sozinha, porque você triste dá muito trabalho. Você parada por dentro é o peso do mundo inteiro. Com toda desgraça, prefiro te ver que nem hoje. Trate de continuar assim a partir de agora. Depois a gente fala em doutor, o que for, quando essa doidice passar. Agora, sabe o que acho?

— O quê?

— Que esse arroz de polvo tá bom demais. Mas depois do casquinho, foi uma covardia, porque é a cara de mamãe. Tu pediu um prato por saudade, foi? Quer matar a velha?

Augusta sorriu enquanto alisou grosseiramente a mão de Lia, que se abriu, assim como seus olhos estavam mais abertos pelo carinho sincero da irmã.

— Pior que foi mesmo — disse Lia, enxugando uma lágrima que escorreu, delicada, pelo rosto enrubescido —, a gente vinha tanto aqui com eles. Já que nosso corpo resolveu brincar de andar pra trás hoje, acho que quis trazer o gosto de cada um. Papai já tinha chegado e sentado ali. Agora quem se sentou à mesa foi mamãe.

— É verdade. Ela gostava era disso. De sentar na frente de uma mesa posta e farta para comer. Cozinhar, nem tanto.

As duas riram com carinho.

— Acho que só mamãe, entre todas as mães do nosso tempo, não suportava cozinha, não gostava de cozinhar, mas vivia lá, coitada, fazendo o melhor que podia.

— E a gente reclamava.

— Com razão. Hoje eu tenho pena, a pobre. Mas a comida do dia a dia era ruim, Guta, não tem o que dizer.

— Era. Ainda bem que vovó existia. E vivia dentro de casa. Papai que adorava a sogra lá dentro o tempo inteiro. Coitado. Mas era melhor vovó do que a comida de mamãe todo dia.

— Ela só sentia essa inspiração divina com o arroz de polvo, mesmo. Tinha paciência de fazer uma vez perdida, quase nunca, quando a gente já morava no Recife, já grande, lembra, Lia?

— Foi. Quando ela fez esse arroz a primeira vez, de uma receita que viu em algum canto, a gente se empanturrou. Ela ficou tão satisfeita com os elogios que nunca mais deixou de fazer o prato, pelo menos em datas festivas.

— E eu, que sonhava com polvo toda véspera de Natal? Me agarrando pelos braços, pelas pernas, era horrível!

— Que mentira, Lia!

— Juro! Tive muito pesadelo com polvo.

Augusta sorriu, achando muita graça daquilo. Aquela conversa já havia se tornado um reencontro de duas pessoas que se viam todos os dias.

— Mamãe era uma mulher muito forte. Quem via aquele silêncio todo, tanta discrição, não imaginava a força daquela criatura, especialmente quando ninguém tava vendo. De fora, quem via, podia dizer que nosso pai dominava tudo dentro de casa. Mas a gente sabia a verdade.

— Não me esqueço, Guta, do quanto papai sempre achou doidice, absurdo, até uma vergonha, mesmo, isso de eu nunca ter deixado de trabalhar, nunca ter deixado de ensinar. Pior ainda quando comecei a viajar, lembra?

— Claro que lembro. Tu começou querendo vir aqui, pra praia, na cidade, começou querendo sair do interior para ver as coisas na capital, arrumava todo tipo de amigo e de desculpa pra vir. Depois que a gente se mudou pra cá, começou a ir mais longe, eu que aguentava o final de semana inteiro de resmungo e desgosto dele por dentro de casa. Eu queria que tu voltasse, mais pra ele calar a boca do que por qualquer outra coisa.

— Nem me fale. Mas a questão é que ele nunca soube, nunca nem suspeitou, que mamãe agia por debaixo dos panos para eu conseguir viajar. Ela não dizia, mas acredito que sempre gostou de eu ter essas minhas vontades de mundo, sabia, Guta? Tu não acha?

— Acho. Ela dobrava o velho o tempo todo, escondia os detalhes das conduções malucas que você pegava, escondia que rapazes estavam indo junto com você, não disse nada quando você engatou aquele namoro relâmpago e, pior, pagou do bolso dela suas passagens pro Rio de Janeiro, com aquelas economias que ela guardava pra vida e pra morte. Aquilo me deixou horrorizada, não vou mentir, quando vi mamãe te dando aquela fortuna pra você viajar. Até hoje parece mentira uma coisa dessas, Lia.

— Aí é que tá, Guta. Mamãe sempre foi presa dentro de casa. Primeiro por vovô, depois pelo marido. E ela adorava ler, sabia tanto do mundo pelos livros, gostava das histórias de romance, daquelas de banca de revista. Depois pela televisão. Acho que foi com ela que a gente aprendeu a gostar de leitura. Que saudade de mamãe.

As duas ficaram novamente quietas, e dessa vez era um silêncio que sorria amável. Continuaram a comer o arroz de polvo com renovada solenidade e prazer, agora que a temperatura da mesa não era mais fria. Entre comentários aqui e ali sobre o tempero das batatas, o molho da salada e a comparação daquele arroz com o da mãe, as irmãs se concentraram no almoço que se estendia, preguiçoso. E a tarde avançava sem as duas se darem conta. A cada garfada, pude notar, havia uma imagem de uma parte de mim que tocavam, mastigavam e engoliam. Todas com o gosto da mãe. Mas era no presente que elas estavam, sem nenhuma pressa de que aquilo acabasse. Até Augusta parecia ter se rendido.

— E aquele sonho dela de conhecer a Itália? — soltou Augusta, como um comentário desprendido dos outros, mostrando o que estava vindo em sua memória. — Tudo na cozinha era da Itália.

— Sim! As estampas, as coisas que gostava e comprava. Era aquela pessoa fácil de dar presente, porque bastava ser da Itália, ela amava, por mais brega que fosse. Quando as músicas da rádio eram em italiano, ninguém suportava o volume que ela colocava, não importa a hora que tocasse. Eu achava era graça de ver. E quando mamãe aprendeu alguma coisa de italiano com uns livrinhos que comprou? A danada parecia entender tudo.

Eu mesmo não poderia esquecer aquela criatura simples e imensa que era a mãe das duas. Quando ouvi falar do italiano, me lembrei da vez em que Augusta estava levando a mãe, já bastante idosa, perto de sua partida, ao médico, como era costume. Augusta dirige o carro pelo trânsito intenso da Ilha do Leite, em direção ao hospital. É um início de noite morna, quando os rostos cansados andam com morosidade pelas vias.

Dizem que me arrasto, de má vontade, nos horários de pico. Pelos vidros, algumas caras são de resto, outras de prelúdio, a depender dos destinos.

Estou dentro de cada carro, naturalmente. Dos ônibus, das motos, das bicicletas, dos pedestres que andam e com os que estão jogados pelas calçadas, na miséria do esquecimento. Para esses, me dói saber, eu sou terrível.

Mas também gosto de olhar as rodovias do alto, nesses horários. Parecem um céu de estrelas vermelho-esverdeadas em um manto cinzento. Acho bonito. As pessoas, não. Mas nem todas desgostam do trânsito, penso, me voltando para dentro do carro onde estão Augusta e sua mãe.

No engarrafamento, Augusta não se importa em me perder, demorando-se calmamente entre as buzinas, para tardar o máximo possível. Ela já está num estágio de sentir como se quase todo instante fosse o último com sua mãe. Apesar da vitalidade e personalidade impecavelmente presentes, ela mais parece uma vela frágil, luminosa e trêmula. Prestes a apagar em qualquer distração.

Uma música italiana começa a ressoar no rádio do carro. As duas levantam os dedos em riste. E Augusta, sem demora, aumenta o volume.

— Mais alto, Guta!

Ela aumenta a música a um nível tal que, se não fosse a vedação das janelas, os passantes poderiam ouvir cada acorde dos instrumentos. Quisessem ou não. Augusta quer que eu não tenha pressa. Me pede para saborear aqueles instantes no carro, vendo sua mãe sonhar com a Itália que nunca havia conhecido, porque quando as filhas podiam, finalmente, pagar pela viagem, ela achava que o momento de ir havia passado, achava ridículo uma senhora daquela idade inventar de viajar, preocupava-se com os comentários da família e dizia mil razões de saúde, cansaço, dor nas juntas, compromissos imaginários e agonia para não ir.

— Ouve, Guta. Eu vou traduzir pra tu.

— A senhora vai fazer tradução simultânea? Não acredito, mamãe — diz Augusta, como se aquilo fosse novidade.

— Presta atenção.

A mãe aumenta o volume da música a um nível tão estridente que chega a fazer vibrar as superfícies ao redor. Com as mãos nos ouvidos, Augusta investiga o entorno, nervosa, imaginando os olhares dos outros carros, que as ignoram, imersos em seus tédios, dramas ou excitações particulares. A mãe de Augusta e Lia era performática, falava do que amava com aguda honestidade.

— Presta atenção, Guta, presta atenção.

Batucando no painel dianteiro sem força alguma, aquela senhora miúda lhe mostra uma música em italiano. A cada frase, sua mãe traduz as palavras como quem declama um poema e conta um segredo inefável simultaneamente. Augusta acha que a mãe pode estar inventando toda aquela tradução e acha graça, porque jamais saberia da verdade. A essa altura, entre maravilha e solenidade, até os poros da filha estão atentos, para não perder nada. Ela faz pausas dramáticas, esperando o próximo verso, como uma competente tradutora.

A mãe jura que a letra pergunta como será o paraíso.

Como será a vida?

E a melodia continua, desinibida e viva, quase a romper os tímpanos. Como é exagerada, Augusta pensa com ternura. Todavia, ela está emocionada. Com a letra, com as perguntas dos versos, com os acordes que embevecem a alma de beleza, com o encanto contente da mãe, que sempre fora contente, mesmo sem nunca ter pisado na Itália. Mesmo sem jamais ter ido muito longe de casa. Augusta se encanta em ver sua mãe, frágil, ainda interessada em dar a ela o mesmo amor que sente naquelas palavras. Ela não se esforça para traduzir uma letra, mas sua alma atravessada pelo que era dito, sua própria memória criada do Coliseu, da Torre de Pisa, da Piazza di Spagna, das ruelas exploradas em cima de uma vespa rosa-pastel, todos os bordões e fantasias que a tiraram da cozinha por toda a vida.

Augusta olha para a mãe como quem filma uma cena bonita, a fim de guardar para sempre. Os carros andam.

Foi esse filme que ela viu de novo, mastigando o arroz de polvo como se estivesse ouvindo a mãe recitar palavras em seu italiano duvidoso. Augusta não dividiu essa lembrança com Lia. Aquela tarde era só sua.

— Não aguento comer mais nada. Vou passar mal mais tarde, viu, Lia.

— Pois aguente, que você não perde por esperar pela sobremesa.

— Não, não invente, não vou comer mais nada.

— Tá certo, não coma, então. Mas depois não venha me implorar por um pedacinho.

O garçom e sua animação recolheram os pratos do almoço, aparecendo, depois, com uma enorme e recheada cartola: bananas cozidas, queijo manteiga bem derretido, açúcar e canela, tudo sobreposto, bastante quente, como uma pequena torre retangular.

— Uma cartola no capricho para as senhoras.

Augusta colocou as duas mãos na testa dessa vez.

— Minha nossa, Lia, você vai me matar. Uma cartola? Quando foi que comemos uma coisa dessas a última vez?

— E eu sei?

As irmãs estavam sorrindo sem tensão nenhuma entre os dentes. Eram, de novo, duas meninas, como haviam sido enquanto nadavam no Mar há pouco. Olhando as coisas como vejo, me perguntei se em algum momento essas meninas haviam partido ou se estavam apenas engaioladas pelas durezas do ser. Morre-se e vive-se várias vezes em uma vida só, disso sou testemunha concreta.

Talvez aquelas duas meninas, no deleite do doce, rindo por nada, hoje voltaram a viver.

A cartola não durou muito no prato que dividiam, cada uma com seu garfo.

— Só me lembro daquela cartola na beira da estrada, que papai e mamãe amavam.

— A cartola de domingo.

— A cartola de domingo.

— Antes de vir pra cá, a vida era mais devagar, não era, Guta?

— Mais devagar e inteira, eu acho. A gente vivia sem medo. Só existia mesmo o medo do que a gente inventava. Ou das invenções de papai. Você caía em tudo que ele dizia, Lia.

— Caía mesmo. Mas era queda que não doía, nem feria. A liberdade das crianças do interior, antigamente, que podiam ir para os cantos que inventavam, até porque todo mundo se conhecia, todo mundo sabia quem a gente era, com quem estava. Não tinha nem como ir muito longe. Naquele tempo a gente andava descalça, ia de casa em casa, contanto que chegasse na hora da janta.

Ouvindo as lembranças de Lia e Augusta, só pensava no quanto dizem que sou mais brando e benevolente nos interiores. Falam que ando mais devagar e tranquilo pelas ruas de paralelepípedos em vez de asfaltos. E que sou mais afável pelas casinhas do que entre os prédios. Não vou desmentir ninguém. Talvez eu mude mesmo de humor por entre as serras, os sertões, os cerrados e o mato. As meninas, no antigamente de cada uma, vivem à vontade comigo, não me tratam como estranho, inimigo, nem culpado de nada. Me chamam para brincar de roda, de meninas perdidas no quintal, para pular corda, fazer comidinhas de lama com folhas e flores e água, de queimado com os mais velhos, de fuga na bicicleta, de pião com o avô, de ralar milho no São João para fazer canjica. O São João é esperado feito magia por elas e pelo pai, que parece se soltar nas invenções com mais alegria nessa época do ano. Quem é do interior daqui sabe bem o que é festa junina. E o pai das meninas, toda noite, vai para o terraço inventar histórias.

Ele se diverte com a fácil credibilidade que Lia, em especial, lhe atribui, sorrindo, impressionada, com seus dentes de leite com chocolate. Sério, sempre diz que aquela mancha na lua é São Jorge lutando contra um dragão. Lia passa noites e outras luas tentando identificar o monstro temerário na marca indefinida. Espera ver o tal cavaleiro em batalha, se conseguir fixar a vista, se sua atenção não for tomada por alguma coisa sem importância que lhe desvia os olhos no momento exato do movimento revelador. Mas eles parecem quietos como as pinturas nos quadros. Perguntando, seu pai responde, você não sabe que a Terra gira muito rápido? Por isso dá a impressão de que eles estão parados, mas não estão.

Ela acredita e fica em uma eterna aflição. Morre de pena de São Jorge, que parece não derrotar nunca a tal criatura. Passam-se os anos, e lá está a mesma mancha. E se um dia o monstro vencer? Há noites em que ela simplesmente espera a notícia. O que aconteceria se o dragão derrotasse o guerreiro? Isso era óbvio. Ele desceria para a Terra e o mundo iria acabar. Lia criança guarda muitos medos, um deles é o de estar viva no fim do mundo, tem pavor do apocalipse, não abre nem a Bíblia da avó nesse livro, porque não quer saber de revelações terríveis e tristes sobre o fim.

É seu medo de acabar.

São Jorge é muito corajoso em nos proteger assim, diz. Como as pessoas são capazes de ficar tão tranquilas, se uma batalha está sendo travada, a sangue e espada, todas as noites, bem por cima dos nossos telhados? Lia se cobre de indignação apenas com o pensamento e tenta espantá-lo.

Chega a noite de São João do interior. Pelas janelas, já dá para sentir o cheiro de junho: pólvora, milho, brasa, chuva e festa. Mas depois dessa revelação seriíssima do seu pai, as festividades juninas já não são ocasião de paz para ela. Bombas, fogos de artifício, traque de massa, rojões, estrelinhas, foguetes, vulcões, cobrinhas, carrapetas, tudo a deixa de sobressalto. Pai, pra que isso? Pra acordar São João. Acordar? E ele está dormindo? Está, por isso soltamos fogos. Lia se cala em um silêncio estarrecido, ganhou mais uma aflição. O que aconteceria se ele não acordasse?

Isso também é óbvio, Lia conclui fazendo contas. Podia ser que não amanhecesse. Ou que o mundo acabasse. Essa é sempre uma alternativa. Mais uma vez a indignação toma conta do já aflito pensamento da menina. Sente-se corroer pela amargura da injustiça ao ver um santo passar todas as noites em claro, lutando com bravura e suor para salvar o mundo de um dragão, enquanto outro dorme complacente, colocando a vida de todos em risco.

Nada faz sentido.

Nessa noite, no entanto, São João desperta com os fogos do quintal dos pais de Lia e Augusta, garantindo a normalidade do resto do ano, e a menina volta aos seus mundos aliviada. Não é fácil a vida dos portadores de imaginação. Eles precisam dar conta de muitos mundos desde muito cedo, o que pode ser exaustivo. A imaginação não é qualidade minha, eu só vejo as coisas como são. Acaba por ser das capacidades que eu mais admiro nas pessoas. Ser espectador da invenção nas artes, nas palavras, nas coisas, nas conversas, falcatruas e mentiras, nos instrumentos musicais, em tudo que não era e passou a ser porque alguém criou, me distrai da mesmice. Se as coisas fossem só como são, seria um desprazer para mim. Eu rio de Lia e suas angústias reais por coisas imaginadas. Minhas risadas são sinceras, mas inaudíveis. Acho isso um pouco triste.

Sozinha no quarto, Lia me bombardeia com perguntas, aponta as possibilidades mais diversas para se evitar o fim do mundo, pergunta se ainda dá tempo. Teme pelo futuro dos filhos que nunca vai ter. Eu ouço e só posso fazer o meu trabalho. Passar. Com gentileza, na medida do possível, até que ela descubra os mistérios da vida sozinha. É quando a existência vai perdendo a graça dos pequenos. Uma pena. São muitas as noites de São João que passo ao lado dela, enquanto olha para a lua, fingindo indiferença ao assar milho verde na fogueira. E esperando a cartola da sua mãe ficar pronta. Não é boa, mas é da mãe, então é boa que só, ela diz.

Mas a cada espiada para a mancha de São Jorge, sei que ela está somente esperando a notícia
do fim do mundo.

Será ela a anunciar
a hora
de acabar?

— Eu estava aqui me lembrando do São João. Nunca mais a gente soube o que é isso. — A voz de Augusta despertou Lia de seu mundo menina. E eu voltei com ela para a mesa. O sol já estava anunciando, aos poucos, o fim da tarde.

— Era bom demais. Que saudade, Lia. Que tempo bom foi o nosso tempo. Não volta mais.

Por que um dia eu deixo de ser o Tempo das pessoas, se elas continuam vivas? Até a hora da morte, eu sou de quem?

— Guta, vamos pagar a conta? Já está ficando tarde. Sabe o que eu queria?

— Não vem, Lia, não inventa! Você não queria mais nada, vamos para casa. Chega, tá bom. Não vejo a hora de tomar um banho, deitar.

Lia silenciou, perdendo a vista em direção ao Mar. Augusta percebeu, outra vez, a melancolia aparecendo no rosto da irmã.

— Lia, não tá bom, não? Já fiz todos os seus gostos hoje, tenha pena de mim também. A gente precisa se aquietar. Amanhã isso passa, tenho certeza que passa.

— E tu quer mesmo que passe, Guta?

— Ora, mas que pergunta! E eu quero lá ficar doida pra sempre, Lia. Isso aqui não é normal, não. Pelo amor de Deus.

— Guta.

— Lia, o que tem na sua cabeça?

Augusta estava nervosa. Naquele dia, ela já havia extrapolado todos os seus limites da tolerância.

Só não sei se ela percebia que estava, em algum lugar escondido pelas suas durezas aparentes,

sendo feliz.

— Guta, o que tem na minha cabeça é que gosto muito da idade que eu tenho. Não troco a Lia de hoje por essa daqui, não. A desse corpo. A desse corpo era boa, mas era pouca. E tola. Hoje sou tanto mais, Guta. Prefiro quem sou agora, não me entenda mal. Não odeio minhas rugas, não reclamo dos meus cabelos brancos. Mas é que se isso passar, Guta, eu vou voltar para a cama. Aquela cama. E não sei se vou ter força para encontrar meu ânimo perdido ali dentro daquele quarto.

Augusta, imediatamente, mudou sua posição de defesa e arriou os braços sobre a mesa. O garçom apareceu oferecendo um cafezinho.

— Um café e a conta, por favor, moço.

Guta respondeu eficiente, sem tirar a vista da irmã. Aquela era a sua expressão maternal e temerosa, quando percebia o risco de perder a Lia radiante de vista.

— O que você quer, Lia?
— Quero ir para o interior.
— Para o interior? Hoje?
— Agora.
— Para quê?
— Para não acabar tão cedo.

Túnel

Augusta convenceu Lia de parar em casa para ao menos pegarem umas roupas secas. Entraram no apartamento, que permanecia tranquilo entre as quinquilharias, antiguidades, plantas e retratos. O gato veio correndo e desconfiado, escondendo-se e espiando por trás das cadeiras da sala, para ver quem havia entrado. Lia partiu decidida para o quarto, ignorando o gato e todo o entorno. Augusta regou as plantas, organizou a cozinha, ajeitou as almofadas do sofá, colocou água e comida para o gato, mais por rotina do que por preocupação. Foi até o banheiro, pôs em ordem toda a bagunça deixada pelo desespero daquela manhã: o tapete embolado, as maquiagens e os sabonetes espalhados por entre as escovas de cabelo e de dente, por cima da pia. Augusta organizou um a um, com precisão e pressa. Lia começaria a chamar em breve, temendo sua desistência a sair de casa, o que seria natural.

Mas nada era natural naquele dia.

Augusta, colocando a última escova de volta na gaveta, se olhou no mesmo espelho através do qual havia visto, pela primeira vez, o passado mais presente que poderia imaginar, ainda naquela manhã. Tenho muita consciência de mim mesmo. Mas sou obrigado a reconhecer que até eu me surpreendi que estávamos naquela sucessão de vivências há apenas algumas horas. Sei bem o quanto passei. Mas também não estava me sentindo muito natural. Tive uma sensação curiosa de ter diminuído de tamanho. Augusta se observou, calma e séria, sob o sol já âmbar de luz da tarde. Tirou o vestido, organizou os cabelos, passou os dedos por debaixo dos olhos, acariciou a testa, os ombros, a barriga, as pernas e tomou um banho ligeiro, para dar coragem.

Lia, já pronta para sair, escutou o barulho da ducha vindo do banheiro da irmã mais velha. Impaciente, correu para o banho também, livrando-se da água do Mar. O banho de Lia foi mais rápido, ela continuava em seu estado de alerta para não deixar Augusta desistir de sair novamente e pegar a estrada no começo da noite. Ela mesma ainda estava incrédula com a disposição de sua irmã em fazer algo tão fora da rotina, já tendo suportado um dia mirabolante. Enquanto enxugava os cabelos, catava, pelo guarda-roupa, as últimas mudas de roupa que a neta havia deixado na casa das avós. Dessa vez, dois vestidos lisos, um preto de mangas até os cotovelos e outro verde, de alcinhas, com cara de velho, mas pouco usado. Em uma pausa pensativa, Lia acabou também jogando na mala duas roupas atuais das irmãs: uma bermuda azul-marinho, de tecido, que ia até os joelhos e uma blusa grande, larga e florida. Levou também um vestido de botões, cinza, com apenas alguns detalhes de beija-flores amarelos, ele também tinha ombreiras. Enquanto organizava a mala sem muito cuidado, Lia esboçou um sorriso vago. Reconhecia na disposição de Augusta um desejo profundo de que ela pudesse viver ao máximo aquela chance de liberdade que experimentara no dia anormal, apesar de todos os seus instintos pedirem que se trancasse no quarto, esperando qualquer loucura passar. Mas ninguém conhecia Augusta como Lia. E eu. Ela também sabia que, por trás da dureza, sua irmã tinha gosto grande por viver. Estava seguindo, também, seu próprio medo de acabar.

Lia apareceu aos gritos no banheiro da irmã, batendo palmas.

— Chega, chega, chega, vamos partir? Trouxe roupa seca, já fiz nossas malas, coloquei tudo o que você precisa, não venha se meter em ver se fiz direito. Vamos embora, que já vai começar a escurecer!

Augusta colocou o vestido preto sem muita paciência para protestar. Estava mais entregue do que já vi.

— E você jogou na mala que roupas, Lia?

— As nossas e as de Rosa. Todas as opções.

— Então tu acha que amanhã a gente volta ao normal? Eu ainda acho que isso tudo pode ser um sonho.

— Nunca mais, Guta. Ao normal, nunca mais. Mas seja lá como a gente amanhecer, vestimos o que temos.

Augusta deu uma piscadela para Lia enquanto pegava as duas maletas, cada uma em um braço, sem abri-las nem conferir se estava mesmo tudo ali. Outra cena que nunca vi, vindo daquela criatura linear e vulcânica.

— Não precisa levar tudo, Guta.

Lia agarrou uma das maletas e correu para abrir a porta, ostentando vaidosa vitalidade.

— Pegou a chave do sítio?

— Peguei.

— O que seu Antônio vai dizer quando a gente chegar? Como vai nos ver?

Pensei na cena que seria o caseiro escorraçando as duas da casa onde cresceram, como se fossem intrusas. Ou as recebendo com normalidade. Eu realmente gosto de não saber do futuro.

— Amigas de Rosa. Rosa só chega amanhã e nos deu a chave. Se é que seu Antônio vai perceber a gente entrando no meio da noite. Minha aposta é que não.

— Tá bom, Lia. Que seja. A gente resolve lá. Eu tenho medo de você quando quer uma coisa. Pensa em tudo. Tu e teu talento pra mentir. Mas vamos.

As duas entraram no carro e enfrentaram um longo percurso de trânsito e resmungos para sair da cidade engarrafada de pais, mães, filhos, executivos, trabalhadores, perdidos, vagantes. Cada um envolto em seu próprio enredo, em meio àquele enxame de ferro que esfumaçava e gritava entre buzinas gasguitas. Abelhas e moscas-motos se embrenhavam pelas fileiras deixadas entre os carros, misturando-se para *ganhar tempo*, como se eu fosse algo a ser conquistado na pressa, no grito ou na fuligem. Ali, naquela malha humana envolta em latarias, Lia e Augusta em seus corpos de antigamente passavam despercebidas.

Finalmente alcançaram a estrada mais livre e esse instante é como soltar-se de cordas presas a todos os membros do corpo. Augusta acelerou com gosto. Tanto que Lia, olhando-a de lado, soltou um grito de empolgação e brincadeira com a irmã, segurando-se na porta e no teto do carro, como se temesse sair voando. Augusta pareceu gostar e acelerou ainda mais, entrando na história da irmã e, timidamente, abriu os vidros, enquanto soltou um grito comedido.

— Agora vai!

Lia vibrou, batendo palmas outra vez e ligando o rádio, em busca de alguma música que conhecesse.

— Quanta porcaria é essa?

— Só tem lixo.

Acharam uma música clássica.

— Pronto, pelo menos é bonito isso aqui.

— Coisa de velha, Lia.

Relaxadas e rindo por nada, as irmãs adentraram pelo resto de tarde que já mergulhava, agora, na noite presente, penetrando uma paisagem cada vez mais verde e nanquim. Umas últimas pinceladas de laranja rubro, rosa e dourado se espremiam no fim do céu que se aquarelava no horizonte bem à frente. Os faróis dos outros carros passavam como vaga-lumes gigantes no sentido oposto e Augusta parecia realizada.

— Eu tinha esquecido como é bom dirigir na estrada. Outra coisa, viu, Lia. Aqui a gente não anda de palmo a palmo. A gente anda de corpo inteiro, ó.

Augusta abaixou mais os vidros, deixando entrar as rajadas de vento que golpearam os ouvidos por dentro, uns tambores em ritmo próprio e descoordenado. A brisa da estrada invadiu o carro, trocando o clima gelado de dentro por um mais suave, verde e terroso que veio do lado de fora. As duas irmãs se jogaram na estrada, enquanto o asfalto ainda estava quente, em um silêncio repleto de infinitas palavras em cada uma,

daquelas que só eu sei ler.

Augusta só dirigia descalça, desde que aprendeu para onde estava indo e quase mulher nenhuma podia dirigir.

Nem um carro nem a própria vida.

Desde lá os sapatos de Augusta são facilmente tiráveis. Assim como poderiam ser mais móveis o seu medo do novo, sua cautela exagerada, as previsões erradas, as caras lavadas de sereno quando escurece e o asfalto perde o quente.

Abrindo alas
para o frio
num fim de tarde
de inverno.
Quando olho
a janela.
E vejo
as réstias
do eterno.

Vi os galhos das árvores enraizando-se no firmamento. Vi o Amor viajando firme também, é claro. E ser fermento.

No fim somos ele e eu
que eternizamos
o que há fora
e o interno.
Divinizamos
as noites
de inferno.

Augusta trocou a estação do rádio e aumentou o volume da música ruim, algo recente que não sabiam cantar. Quem sabe aquela melodia pobre e repetida não falou mais alto que as lembranças. Lia fingiu saber cantar aquela letra, não tão difícil de aprender. Cantarolou alto como se o mundo não morresse.

Lá se foi o sol por entre duas colinas
cheias de cana-de-açúcar.
O dia seguinte vai ser doce?

Se eu fosse um chão, seria estrada. Ficaria parado para outros passarem por mim, em suas viagens. Talvez não me sentisse tão culpado por ser eu quem passa, quem não para,

que não me retenho.

Porque não me retenho, aprendi a ser contente com o que tenho: um incessante acúmulo de agoras.

Augusta levantou os vidros novamente e os tambores da ventania cessaram de imediato, como um fim de carnaval, dando espaço à quietude, embalada apenas pelos acordes mais altos da canção que também havia sido praticamente silenciada no rádio, quando Lia cansou e abaixou o volume. A noite já havia pesado sua capa grossa sobre aquele mundo. Lia olhou a janela em um emudecimento prolongado.

— Tá pensando em que, Lia?

— Sei lá, Guta.

— Você sempre sabe no que tá pensando. Diga.

Lia olhou para a irmã com um sorriso bonito.

— Estava pensando em você, pegando a estrada a uma hora dessas, na idade que tem. Eu fico bestinha.

— Difícil é saber a idade que a gente tem hoje, viu, Lia.

As duas riem da situação. Faço bem o meu trabalho. Pela manhã, aquilo tinha sido pânico e terror. Agora ficou quase natural falar da estranheza. Depois de uma pausa, Lia revelou o que parecia um pouco mais guardado.

— Também tava pensando na vida, mesmo. Hoje imaginei tanto que eu podia ter escolhido outro caminho. Me deu pena. Deu pena, porque se eu tivesse me tratado, se não tivesse me recusado a viver com uma perda só, não teria perdido tudo.

— Mas você nunca perdeu tudo, Lia. Eu sempre estive aqui!

Augusta parecia ofendida.

— Eu sei, Guta, eu sei. Agradeço, você nunca me deixou sozinha, não é disso que estou falando. Tô dizendo que, no fundo, você, mamãe, papai sempre me acharam livre, a que faz tudo o que quer, a que é a dona da própria cabeça, papai morria do coração porque não me segurava, aquela ladainha toda que vocês me disseram a vida inteira e eu escutava concordando, me inflava da minha independência. — Lia alisou os cabelos bagunçados pelo vento, organizou sua roupa com serenidade, apoiou-se na cadeira com as duas mãos. Não havia afobamento, nem raiva ou tristeza na sua fala pausada, espaçada. Ela falava na medida em que pensava, como se o pensamento, prematuramente, já tivesse voz na hora de nascido. — No fundo eu achava lindo ser tudo ou nada. Lindo. Tão bonito que nunca soube perder, Guta. A verdade é que quando eu via a chance de perder algo que amava, escolhia entre duas opções: ou não ia em frente para não ter, porque não se perde o que não se tem. Ou, o que eu já tinha, se achava que podia escapar das minhas mãos, largava de vez. Veja você, Guta. Aí, inteira, dirigindo seu carro pra mim. Dirigindo minha cadeira pra mim. Acho que você sempre foi mais livre do que eu.

Ali eu vi uma senhora madura, que aprendeu bem com a vida e apenas estava falando o que compreendera de si durante tantos anos quieta, mas talvez não soubesse que havia entendido. Gostei de vê-la dizer tudo aquilo a Augusta. Apesar de não concordar completamente com o que disse, gostei de vê-la falar, de alguma maneira, reconciliada comigo.

Acho que eu precisava disso.

Augusta seguiu dirigindo por uns instantes e as duas irmãs observaram as colinas ficarem mais nuas por onde passavam. É mais crua a paisagem entre uma cidade e outra, enquanto se avança estrada adentro.

— Olhe, acho que tive paralisias diferentes das suas, se é que você me entende. Porque o que era livre em você, eu via e desejava, mas não saía do canto. Nunca gostei de sair do canto. Quanto mais conhecido o canto, pra mim, melhor. Ou menos mal.

Augusta também falava sem rancor de si mesma. Era uma constatação.

— Eu viajava nos livros que você trazia pra mim, conheci tanta coisa nas histórias que tu voltava contando, nos presentes que eu colecionava naquela minha estante, lembra? Imaginava a lojinha que você tinha ido, o sorvete que tinha tomado, as pessoas que tinha conhecido, sonhava tanto que parecia a viagem ter sido minha. Eu mesma acho que conheço a Itália todinha, por causa daquela fixação de mamãe.

— Você devia ir para a Itália, Guta.

— Que Itália, o que, Lia. Eu já vi foi tudo que tinha pra ver, já tô cansada de ver coisa na vida.

— Que viu tudo o que, Augusta! Tu não viu foi nada.

— Vi, vi demais, vi tanto que cansei. Tá bom. Vou não. Quem já viu uma velha dessas, que nem eu, viajando por aí! E vou com quem?

— Eu iria. Quem sabe. Mas, se eu não for, você também pode muito bem ir sozinha, ir em excursão.

— Que coisa mais ridícula, Lia, pelo amor de Deus. Olha, tá demais essa conversa. Tá vendo que se eu não fui pra Itália a vida todinha, eu vou agora?

— Tá falando igualzinho à mamãe. Sonhou tanto, que morreu sonhando.

— Melhor morrer sonhando do que de olho aberto, vendo a realidade.

— A realidade de olho aberto pode ser o sonho da gente, não pode, não?

Augusta soltou um muxoxo de desdém e continuou na direção com os olhos mais obstinados e frios do que antes. Lia continuou relaxada e indiferente, acostumada a essa reação exageradamente defensiva da irmã sempre que sugeria alguma viagem ou um passeio. Augusta até havia concordado em fazer pequenos percursos de carro com a irmã, ao longo da vida. Especialmente quando Jairinho estava na fase dos entretenimentos constantes, era comum as duas irem para as praias, levando o menino para se esbanjar na areia e no sal. Jairo, o marido de Augusta, tinha pavor ao calor e ao Mar, raramente acompanhava as duas, que sempre gostaram de mergulhos. Quando Jairo ia, cruzava suas pernas finas na cadeira da praia, lendo alguma coisa, sem sair do canto. Naquela atmosfera ensolarada e azul, Augusta se tornava uma pessoa mais bem-humorada e disponível ao divertimento, apesar de todo o controle e preocupação com as refeições, os horários de dormir e acordar, as vestimentas de todos, a limpeza da casa ou do apartamentinho alugado para o fim de semana. Lia, inclusive por ter quem se preocupasse com tudo isso, ocupava-se apenas em entreter Jairinho, ou atormentá-lo.

Augusta, como a mãe, nunca viajou de avião. Lia já havia ido até para fora do país uma vez, apesar de também não ter conhecido a Itália. As descrições dos momentos de decolagem, pouso, dos lanches e dos serviços de bordo sempre foram uma atração à parte quando Lia voltava para casa, contando suas peripécias com as amigas, umas primas, por causa da escola onde trabalhou até a aposentadoria, ou quando resolvia ir a algum lugar sozinha, fosse como fosse. Uma vez sua mãe perguntou por que ela nunca havia pensado em ir para a Itália, trazer um chaveiro do Coliseu para ela, diretamente dos reais ares de Roma.

— Porque a Itália é sua, mamãe. Eu não tenho o direito de ir sem a senhora.

A comoção pela resposta da filha, apesar de sincera, nunca foi o suficiente para mover aquela senhora toda feita de raízes para seu desejo. Eu não sei, às vezes tenho certeza de que a mãe de Lia e Augusta nunca quis ver a Itália para não experimentar uma decepção irremediável, caso acontecesse. Tinha medo de não aguentar a queda, se voasse alto demais pelas suas quimeras. Morrer sonhando de olhos fechados, para ela, talvez tenha sido uma opção para não correr o risco de perder o seu amor incondicional. Era na fantasia de uma Itália só sua, sempre ensolarada, romântica, volumosa, onde tudo era possível e não era proibido se enfeitar, nem sorrir, nem ousar, que ela colocava fermento em seus dias murchos e sós. A Itália da mãe era um acordeom tocando suave dentre as suas obrigações de mulher, de mãe, de esposa.

Em uma Itália outra, que não fosse a dela, não saberia com o que poderia se deparar. Poderia não cheirar bem. Ou ter, que horror, pessoas tristes, mal-humoradas, não ter amor. Por isso nunca foi a Roma, eu acredito. E a sua Fontana di Trevi particular era mais resplandecente, de águas mais brilhantes e moedas mais douradas do que qualquer outra em uma realidade obtusa.

— Eu devia ter conhecido a Itália.

Lia falou como quem pensa para fora.

— Pois eu acho que a gente conhece.

Lia balançou a cabeça negativamente enquanto sorria. As duas passaram sobre uma ponte altíssima, que se esticava entre várias colinas. A essa hora da noite, se via apenas um grande breu ao redor, como se os passantes estivessem flutuando em um vasto nada. As duas conversavam displicentemente sobre o estado que devia estar o sítio e ansiavam pelo frio que fazia no alto da serra, onde ficava a casa da infância, antes da Rua da União.

Mais à frente, como uma boca aberta e faminta dentro da rocha, apareceu o túnel. O único ativo da região, praticamente uma atração na estrada. Quando foi reformado, as irmãs já eram mulheres que visitavam pouco o sítio da família.

— Lembra aquela brincadeira que a gente fazia com mamãe, quando entrava no túnel? De ver quem gritava seu nome por mais tempo lá dentro? — perguntou Lia.

— Lembro.

Augusta parecia falar com a Lia criança. Seu tom era maternal.

O carro entrou na boca do túnel, que o engoliu com costume. Lia abriu o vidro ao máximo, colocou para fora a cabeça.

Puxou
para
si
todo
o
ar
que
conseguiu
morder
dentro
daquela
fenda
rochosa.

— Liiiiiaaaaaaaaaaaa...!

Ela segurou a nota do "a" como quem agarra a si mesma. Era seu próprio nome ecoando na garganta do mundo, dentro da rocha. Era seu nome deixado ao vento. Como se quisesse permanecer livre para sempre, imprimindo no ar quem ela era. Augusta apenas riu da peraltice da irmã mais nova. Naquele instante eu quis parar para elas.

No fim do túnel,
veio o outro carro,
com pressa, muita pressa,
e desgoverno.
Fechou o caminho das duas.
Bateu no lado de Augusta.
Seguiu adiante
sem parar.
O carro das duas capotou
três vezes.
Tudo se apagou.

Corte

Não fico indiferente às visitas da Morte. Que ninguém se engane, é bastante fácil, para ela, surpreender-me. Ali eu estava tão absorto na conversa das duas, na contemplação interessada do desenrolar tão fantástico quanto ordinário daquele dia, que fui pego desprevenido. É claro, quando mexo na vida, inverto coisas, dou meus giros, faço voltas, as consequências vêm. E faço porque posso, somente. Já disse. Não preciso de grandes razões, sei das catástrofes possíveis, mas também dou conta das maravilhas. E sei do meu tédio inclemente se não girar, diga-se de passagem.

Mesmo assim, de imediato, senti muita raiva da Morte. Não era o que eu queria, ora. Não precisava levar Lia, a pobre. Reclamei, mesmo tendo culpa, mesmo tendo parte, olhei e protestei.

Mas agora, Caetana?

Soei mimado, patético. Calei.

A Morte, claro, me ignorou, direcionando-me apenas uma mirada de breve consideração. Mais intrigada do que incomodada comigo, seguiu adiante com o seu trabalho.

Precisei me recompor, fazia muito não reagia daquele jeito, tenho experiência suficiente com a Morte para ter arroubos assim. Que coisa. Vejo mais mortes por segundo do que pode sonhar ou suportar o pensamento de qualquer ínfimo mortal sobre a Terra. Eu sei de tudo isso, eu sei de quase tudo,

    eu sou o Tempo, faça-me o favor.

Mas não pude deixar de sentir um corte dentro de mim quando vi aquele carro

    girando.

Talvez eu tenha chegado perto demais do Amor por esses dias. E me contaminei com suas maneiras. É o Amor que nos mistura ao outro a esse ponto, isso é coisa dele. A ponto de sentir na própria pele quando o outro

    se vai,

    ou sofre,

    ou desaparece.

É ele quem nos ata, como se fosse amarrado um laço de ferro que não se vê, entre as pessoas.

Entre o Tempo e alguém.

Entre alguém e o Tempo.

Quase peço desculpas à minha colega, a Morte, pela forma como a tratei.

Mas ela também já viu de tudo.

Só há consciência de mim neste mundo quando se pode ver a vida passar.

Ali, naquele carro, acho que só desejei, por um instante, que Lia visse mais um pouco. Só isso, mesmo.

Porque depois de se apagar aqui, não há fim para mim.

A Morte é mais uma mudança de ponto de vista a meu respeito.

Como se, aqui, onde tudo é carne e chão, eu fosse curto, fugaz, cruel.

Agora serei mais íntimo, livre e modesto com Lia. Não haverá, entre mim e ela, nenhuma amarra ou interrogação. Estaremos juntos, dividiremos a realidade e só.
Voltaremos a ser amigos
e nos amaremos sem angústia.
Entre nós haverá, por fim,
um desassombro.

Uma cama verde e quadrada

Sofri. Mas estava em paz por quem se foi, reencontrei o meu ponto de razão. Fiz as pazes com a Morte. A partir daquela curva depois do túnel, meu olhar se voltou, compadecido e muito rapidamente, para Augusta. A essa altura, já está claro, entre as minhas confissões, que possuo lá os meus afetos, as minhas preocupações com as pessoas. Estou velho, arvoro-me satisfeito em dizer que fui e sempre serei velho e por isso experimento meus sentimentos todos sem vergonhas ou escrúpulos miúdos. Nutri afeição e preocupação por Augusta, especialmente depois de um dia daqueles, tão estranho a elas.

Tão elementar para mim.

Os sons frios e conhecidos do hospital enchiam o ambiente de expectativa e tristeza. Augusta estava com poucos ferimentos, especialmente na cabeça. Um braço estava imobilizado, os olhos roxos, um mais que o outro, e havia curativos espalhados pelas duas pernas.

Augusta respirava com a lentidão dos remédios e, devagar, abriu os olhos. Era dia, pela cortina entreaberta da janela. O sol a impedia de ver o Recife. Percebi que ela começou a correr os olhos de um lado para o outro, agitando-se. Jairinho, agora calvo e cansado, com sua camisa de botão de mangas curtas, calça jeans e sapatos escuros, dormia na cadeira verde e quadrada à sua esquerda. Ele não percebeu os movimentos da mãe.

Augusta despertou com um pouco mais de rapidez ao reconhecer o filho. Começou a se movimentar, percebendo agora o quarto ao redor. Compreendeu que estava em um hospital. As lembranças da noite anterior apareciam como tinta borrada em água, nanquim e pincel. Fluidas, difusas e sombrias.

Havia uma estrada.

Havia as suas mãos na direção.

Havia a noite.

Havia um túnel.

Lia gritando o próprio nome.

Lia

Lia

Lia

Onde estava Lia?

Augusta passou a se mover mais agitadamente, sem saber bem se os pensamentos eram verdade ou se a verdade eram seus pensamentos. Quanto mais se mexia, mais recordava das cenas do dia anterior. Tudo parecia um delírio borrado e absurdo. Mas não havia paz nos braços de Augusta. Sua irmã estaria em casa, porque ela havia passado mal, caído de uma escada ou calçada? O túnel levava ao sítio, a Lia que lembrava em seu carro era antiga, muito antiga, não era de hoje. Foi um sonho. Foi um sonho. Ou pesadelo.

Jairinho finalmente despertou e foi acudir a mãe, chamou logo a enfermeira. Apareceram duas profissionais, como borrões brancos, falando alto e impetuosamente, como fazem para despertar alguém de um torpor no hospital.

— Dona Augusta? Tá ouvindo, Dona Augusta? Balance a cabeça. Dona Augusta?

Mais para que falassem baixo, Augusta se apressou em balançar a cabeça afirmativamente. Os olhos apressados varriam todos os rostos, o quarto inteiro, e voltavam para Jairinho sem parar. O filho de Augusta segurava a mão da mãe com firmeza e carinho. O que havia acontecido?

— Dona Augusta, a senhora está no hospital, está no quarto. Está tudo bem com a senhora.

— O que aconteceu?

Ela finalmente conseguiu dizer, muito baixo, com a voz rouca e imperativa.

— Dona Augusta, a senhora passou por um acidente de carro. Quebrou um braço, teve uns ferimentos, bateu a cabeça, mas foi de leve, está tudo bem com a senhora. Só vai precisar ter paciência, ter calma e ajudar a gente pra ficar boa logo. Graças a Deus deu tudo certo, Dona Augusta.

Uma das enfermeiras chamou o médico e começou, rapidamente, a realizar procedimentos incompreensíveis para Augusta.

— Cadê Lia?

— Está em outro quarto, já já a gente fala sobre ela. Mas por enquanto a senhora tem que descansar, Dona Augusta.

Augusta virou o rosto para Jairinho, que desviou os olhos. Se havia uma coisa que Jairinho nunca soube fazer, foi mentir.

— Cadê Lia?

Augusta repetiu, dessa vez com a voz mais forte.

— Está ruinzinha, mamãe. Mas estão cuidando dela.

Augusta olhou para as suas mãos e a pele dos braços. Já não estava segura do que via, sentia, compreendia, de mais nada. A vista estava ruim. Ficou ainda mais agitada, parecendo buscar explicações a qualquer custo.

— Eu quero um espelho.

Os outros não entenderam o pedido.

— Um espelho. Me deem um espelho. Agora.

A autoridade do pedido de Augusta fez com que uma das enfermeiras saísse do quarto e retornasse com um joguinho de maquiagem, onde havia um pequeno espelho. Em vez de colocá-lo nas mãos de Augusta, a enfermeira, com delicadeza, posicionou-o de frente para a mulher ansiosa. No reflexo, olhando Augusta com olhos sofridos, atordoados e trêmulos, estava uma senhora com todas as suas rugas, cabelos muito brancos, amarrados para baixo, em um rabo de cavalo ralo e amassado pelos travesseiros. Ao redor dos olhos, as marcas feias e roxas, de alguma pancada da qual não tinha memória.

— Essa dor vai passar, Dona Augusta — disse a enfermeira gentil, achando que a expressão de Augusta tinha mais a ver com as pancadas no rosto do que com o que ia por dentro naquele instante desconexo. O dia anterior se avivou na memória, ensolarado e fugaz.

Tudo era um redemoinho para aquela senhora deitada em uma cama verde e quadrada.

Não demorou muito, Augusta me perdeu de vista novamente.

Desperta

Os sons da rua estavam mais calmos naquele horário, entre o meio e o fim da tarde, quando todos parecem estar mais imersos em suas vidas do que nas vias, calçadas, viadutos e praças. Augusta já sabia que Lia não havia resistido. E que nunca esteve em um quarto de hospital. Sua irmã já saíra do túnel sem vida. E ela sempre soube. No momento em que Augusta abriu os olhos, mesmo confusa e cheia de dores, já havia percebido o mundo mais oco, curvado e nu. Era a grandeza de Lia que havia partido, levando consigo uma parte da existência da irmã, que agora tentava não pensar nesse vazio. As dores nos braços, os curativos a serem trocados na cabeça e no resto do corpo, a perna machucada, o sombreado por debaixo dos olhos, tudo parecia bem-vindo.

Era bom ter outras dores para sentir.

Segredo

Jairinho dirigia o carro, levando a mãe para casa. Havia tentado persuadir Augusta a ficar no quarto de visitas de sua casa, perto dele e da esposa. Augusta não negociou e preferiu voltar para o seu apartamento. Estava bem. Jairinho a convenceu a receber refeições da padaria, além de uma enfermeira para visitá-la uma vez por dia, disse que fazia questão de pagar. No trajeto que se demora entre a Ilha do Leite e a Zona Norte, os dois permaneceram em silêncio. Notei que Augusta estava especialmente taciturna nos últimos dias e não era para menos. Eu continuava compadecido. Talvez fosse Lia quem sustentasse a rocha que era Augusta. Quem ainda dava a ela alguma alegria, sentido e companhia.

Eu estava um pouco apreensivo para ver como Augusta reagiria ao apartamento vazio.

Parados em um sinal, Jairinho comentou, animado, o quanto a estava achando melhor. Augusta deu de ombros. O silêncio permaneceu.

Jairinho continuou atento ao sinal, sem encarar muito o rosto da mãe. Parecia meio sem jeito, desconcertado, não sabia o que dizer diante da mãe sofrida, depois de um período tão grande de ausência, por causa da tal correria. Jairinho nunca havia sido o melhor com as palavras, ainda por cima. Augusta o encarou cheia de amor e de tristeza. Soltou palavra que não soltaria normalmente.

— Você vai me ver mais vezes, meu filho?

Jairinho parecia agradecido e nervoso com a pergunta da mãe. Respondeu com ansiedade e voz mais alta que de costume.

— Claro, mamãe! Não só eu, mas todo mundo. Tá todo mundo dizendo. A senhora precisa da gente junto, quero que a senhora vá mais na minha casa também. Rosa disse que vai toda semana lhe ver, eu também vou, não é hora de ficar sozinha. Quando a senhora tiver melhor, vamos passear, tem que sair mais de casa. Chega disso de viver trancada, mas tudo no seu tempo. Vou lhe levar na padaria agora de todo jeito!

Jairinho sorria como um menino esperançoso. Augusta não sabia se queria, o que queria, mas gostou do que ouviu. Concordava com tudo, o que não soava totalmente convincente para nenhum dos dois, mas era bom. Acho que Augusta queria concordar, o que já era alguma coisa.

O silêncio voltou a se instalar ali por mais algumas ruas. Jairinho achou que valeria a pena puxar assunto agora.

— Mamãe, falando na padaria, deixe eu lhe contar uma coisa.

Augusta não reagiu. Jairinho seguiu obstinado.

— No dia do acidente, aconteceu uma coisa engraçada.

— Deve ter sido mesmo engraçadíssimo.

— Não, eu falo sério. Aconteceu mesmo.

Augusta permaneceu indiferente. Jairinho estava temeroso, mas seguiu.

— Naquele dia, eu estava na padaria. Estava no caixa, porque o movimento vinha fraco e eu aproveitei para organizar umas coisas, fazer umas contas. De repente, entrou uma moça estranha, com umas calças compridas e uma blusa branca, até alinhada, mas tava toda ensopada, totalmente molhada. Os cabelos molhados, tudo. Como se tivesse entrado na água do Mar daquele jeito, mesmo. O povo até ficou olhando, porque ela parecia uma doida, não fosse o porte elegante, entende? Era uma moça até bonita, fina. Ela entrou, me olhou como quem me conhece, rindo. Toda debochada, sabe, mãe?

Augusta estava petrificada.

— Deu bom dia, foi às prateleiras, comentou com os funcionários que aquela padaria era muito organizada, mas precisava de mais diversidade de produtos. Disse que achou muito fraca a variedade de sonhos e salgados naquele dia e que o pão podia vir mais torrado, que às vezes parecia que estavam crus, esticando que nem chiclete. E disse isso alto, como quem discursa em palanque, para todo mundo ouvir. Quando eu vi, ela olhava pra mim de novo. Parecia que dizia para eu ouvir.

O sinal abriu, Jairinho engatou a marcha e saiu com o carro. Como quem está envergonhado, acabou se calando.

— Sim, e então?

Augusta agora estava totalmente voltada para Jairinho.

— Bom... Então ela veio até o caixa com um sonho nas mãos, um só, pequenininho, para pagar. Já tinha dado até uma mordida. Olhou para mim, muito à vontade, e disse: "Você sabia que você vai pagar pelo meu lanche?" Eu já estava um pouco irritado com aquela maluca ali, então só dei um sorriso azedo, e disse o preço do doce. Ela riu bastante, estava mesmo se divertindo com a minha cara, e eu não sei o que tinha de tão engraçado. Em seguida, ela disse: "Olhe, meu filho, eu vou embora. Estou saindo, vou tomar água de coco. E acredite, você vai embora dessa vida também um dia. Você não sabe se vai ser hoje, amanhã, daqui a dez anos, mas um dia a gente parte e não vai ter padaria, nem sonho, nem salgado que vá lembrar da gente aqui." Ela chegou mais perto, como quem ia me contar um segredo e eu, não me pergunte por que, tava interessado. Abaixei a cabeça para ouvir. Ela disse, sussurrando: "Jairinho, deixe de ser besta. Procure mais a sua mãe. Ela morre de saudade e eu sei que você também. Tenha vergonha, ligue mais pra ela, a vida é só uma, a vida é uma só. Acorda. Sonha de olho aberto, sai dessa padariazinha. Esse sonho aqui quem vai comer sou eu." Ela nem esperou eu responder. Deu uma outra mordida no sonho e deu as costas para mim. Partiu toda satisfeita, desfilando e molhando o meu chão. Nem pagou, nem eu reclamei.

 Augusta continuou em silêncio. Havia descoberto para onde tinha ido sua irmã quando desapareceu no Mar e a deixou sozinha, cheia de raiva. Ela agora olhava para o filho segurando o riso.

— E você não sabe até agora quem era ela?
— Não, mamãe! Nunca nem vi. Ela sabia meu nome e tudo. Como é que ela sabia da senhora? Até agora eu tento puxar na minha cabeça quem é aquela criatura e não sei. Ainda por cima, de noite eu recebo a ligação falando do

acidente da senhora e de tia Lia. Parecia que aquela moça sabia o que ia acontecer, mãe.

Augusta olhou para o filho claramente com uma expressão de quem se diverte.

— Tais com medo, é, Jairinho?
— A senhora não fica, não?
— Eu não. Eu acho que, depois daquele dia, não tenho mais medo de nada.

Aos poucos, como quem se autoriza e se dá conta de algo simultaneamente, Augusta começou uma risada que foi aumentando, aumentando, aumentando. Desembocou em algumas lágrimas não compreendidas por um Jairinho que olhava confuso, preocupado, para a mãe, que havia batido a cabeça no acidente. Talvez não estivesse em seu juízo perfeito e falava sozinha:

— Ai, Lia, você me paga.

Ausência

A casa era cheia de móveis velhos. Mesas, cadeiras, estantes, prateleiras, plantas, livros, livros, livros, livros. Uma televisão em cada quarto, todas antigas e sem funcionar. Uma maior na sala, que ainda trabalhava. Sofás felpudos, com mantas de tricô por cima do estofado. Arranjos de flores artificiais em duas das mesas, cristaleiras, muitos cristais, presentes de casamento. Copos, taças, jogos de xícaras, porcelanas, sopeiras, pires, pratos, colherinhas prateadas e douradas. Tapetes, aparadores, uma radiola de Jairo, muitos discos de vinil no móvel que era só para música. Espelhos nas paredes, um no corredor, cortinas pesadas e presentes. Na rua, os ônibus freavam, os carros passavam, as motos buzinavam mostrando, sem respeito algum, que a vida continuava. E que o mundo era alheio.

O sol não entrava por ali há muitos dias. O gato estava lá, alimentado por Rosa, que não deixou de ir para dar comida e água, mais por pena do que por esmero. As plantas estavam murchas e tristes, apesar de vivas e regadas de qualquer jeito.

Assim também estava o coração de Augusta, carregando uma bolsa, segurando uma bengala, passando pela porta.

A casa estava bem abarrotada, cheia de coisas, como sempre havia sido.

E profusamente vazia.

Jairinho subiu com a mãe, guardou as coisas dela, organizou todo o ambiente. Fez para os dois um café, sob as instruções automáticas da mãe, e sentou-se com ela à mesa. Estava com pena, nós percebemos. Augusta e eu. Jairinho sofria por partir e deixar a mãe sozinha onde antes estivera sempre com Lia. Depois do café, veio o silêncio que antecede a despedida, quando ela ainda é relutante.

— Meu filho, pode ir. Eu tô bem.

— Tem certeza, mãe? A senhora ainda pode vir comigo, passar uns dias lá em casa.

— Já disse, não quero. Prefiro meu canto. Amanhã você vem, a moça vem, tá tudo certo. Eu já tomo banho só, você já deixou comida até dizer chega ali na geladeira, tá tudo bem, meu filho. Prefiro meu canto, prefiro meu cantinho, mesmo. Uma hora eu ia ficar aqui sozinha, mesmo. Prefiro que seja logo. Pode ir, obrigada por tudo, viu.

Jairinho obedeceu, dando um beijo na cabeça da mãe e desapareceu pela porta da sala. A ausência ganhou mais corpo, preenchendo todos os objetos da sala, inundando o corpo de Augusta. A ausência se sentou à cabeceira da mesa, onde já ficava posicionada a cadeira de rodas de Lia. Ali era o lugar onde a falta se instalaria com maior decisão em ficar. A cadeira vazia é uma ausência que encara sentada e consistente para sempre.

Augusta caminhou devagar até o seu banheiro. A bengala é provisória, disse a fisioterapeuta. Ela se apoiou nas paredes, ainda sentia dor nas pernas, mas os médicos lhe asseguraram que estava bem, podia voltar para casa. Bem é uma palavra muito forte, Augusta respondia só para si, para não demorarem mais a liberá-la. Cada passo parecia ressoar como um ponteiro de relógio pela casa. De volta ao seu banheiro, tudo estava em ordem, exatamente como ela havia organizado antes de partir com Lia para o interior. Augusta foi até o cesto de roupas sujas e encontrou o vestido de sua neta. Tocando, estava seco, mas com o forte cheiro de mofo, que aparece quando uma roupa é guardada ainda molhada. A senhora triste aproximou o nariz do tecido, havia também um cheiro de água do Mar. E uns restos de areia caindo por entre os amassados da saia. Ela estendeu o vestido diante de si: era pequeno, acinturado. Colocou-o de frente para o próprio corpo de agora.

Não caberia.

Augusta se segurou no mármore gélido da pia, sustentando com força aquele vestido imundo

e cheio de perguntas.

Não havia delirado?

Augusta se voltou para o espelho.

Uma estranha a encarava.

Sisuda, machucada e com uma expressão vasta em quilometragens.

Antes, a mocidade na pele parecia vestir errado uma alma velha. Hoje, uma casca envelhecida parecia vestir errado uma alma com gosto pelo Mar e seus frutos, pelo vento e pela estrada. Essa mesma alma estava cortada pela falta de uma outra parte sua, que se foi em Lia.

Então ela se culpava por qualquer vestígio de gosto, era injusto, era contrassenso, era demais para ela
   ter ficado
   enquanto a outra
   se foi.
   Augusta bateu no chão com a bengala algumas vezes. Despejou-a encostada na pia. No espelho, soltou os cabelos prateados que estavam presos em um rabo de cavalo baixo. Com os dedos, bagunçou-os, buscando volume. Sentiu as linhas do rosto com o indicador, como quem procura um destino no mapa. Desenhou as rugas ao lado dos olhos, do nariz até a boca, na testa. Como Lia, Augusta era uma mulher esguia, mesmo depois de a idade avançar. Com os cabelos soltos e abandonando, esquecida, a bengala, foi se apoiando pelas paredes até o quarto de Lia. Ali estava o cheiro dos dias e das noites de sua irmã. E da colônia de lavanda que ela gostava de despejar em quase tudo, mesmo achando aquele aroma meio aguado. Augusta abriu o armário, observou as roupas de Lia, organizou por cor as camisas, juntou o que era calça, separou o que era bermuda. Alisou as mangas das camisas como quem faz um carinho no rosto, cheirou as blusas com jeito de afago na cabeça de uma criança, abraçou os casacos na intensidade de um reencontro comedido, bem longe de casa. Na caixinha de joias, além do que havia pertencido às tias e à mãe das duas, Augusta separou para si: dois pares de brincos que eram da sua mãe, um anel de pedra azul, que Lia ganhara na formatura de professora. Uma pulseira

do batismo da irmã, com uma minúscula pombinha do Espírito Santo. Augusta colocou o anel no seu dedo mindinho, levou a caixinha no bolso.

No guarda-roupa-cheiro-e-lembrança, ela passou horas cuidando de Lia pela última vez.

E eu ia, entre os tecidos, os cômodos, as coisas, fazendo o meu trabalho
    de simplesmente
    passar.

Junho

O inverno havia chegado pelo Recife, com suas chuvas insistentes, umidade densa e pegajosa, em um constante abafado cinzento e ao menos umas temperaturas na casa dos vinte e tantos graus, melancolizando as tardes como algo extraordinário por ali. Junho voltara trazendo consigo seus odores de saudade, de milho, pólvora e terra lavada. Augusta perdia os pensamentos por entre as gotas de chuva paradas no vidro da janela do seu carro. Conseguiu um novo, depois de alguma insistência com o filho para permanecer ao volante depois do que havia acontecido. Era uma autonomia da qual não pretendia abrir mão tão cedo. Na verdade, não era bem um carro novo, era o da esposa de Jairinho. Ela disse não se importar em deixá-lo para a sogra, enquanto dividia o do marido. Augusta sabia que provavelmente isso significava que não tinham planos de deixá-la com um carro por período muito longo. Era um prêmio de consolação momentâneo, mas ela fingia não saber.

 A senhora experimentada com a Morte nunca foi de se render aos traumas. Com os pés bem fincados na realidade, normalmente seguia adiante engatando a primeira marcha de força. Nesse carro, a sua neta, segundo ela, havia criado naquele celular que carregava como amuleto para todo canto uma rádio só com as músicas que a avó gostava, repetindo-se sem parar. Ela achava aquilo o máximo. Não tenho mais que ouvir porcaria, dizia. A neta havia enchido um pouco mais as gavetas no apartamento de Augusta, porque desde a morte de Lia, ia com o pai, almoçava, passava alguns domingos, gostava de comer e ouvir as histórias da avó, sempre muito articulada nos detalhes e nas ironias quando falava do seu passado com boas doses de exagero, para agradar.

Estacionou em frente a uma pequena livraria que dava cabeça e importância a uma praça. Entrou, comprou um livro, pediu um café, tomou goles quentes de umas horas
    somente comigo
    e com ela.
Sentiu
o cheiro do café
misturar-se
ao papel branco
e manteiga
amarela.
Leu
bons poemas,
outros,
nem tanto.
Comeu
umas broas
aninhada
em seu
canto.

Quando saiu em direção ao carro, desabou outra chuva ruidosa, mas Augusta achou aquele som parecido com uma sinfônica bem orquestrada. Tirou os sapatos sem pensar nos outros e caminhou lenta até o carro, que estava longe. E se sentiu agradecida pela lonjura, pela textura molhada e fria da calçada e pelas lanças cortantes que as gotas espetavam
    em sua nuca
    dizendo que
    nunca será
    tarde.
    Caíam
    como
    uns furos
    da vida
    que arde.
    Demorou-se
    porque
    teve
    vontade.

Firmamento

No dia seguinte, a chuva partiu como se nunca houvesse existido e o sol pintou o céu de um azul limpo e espaçoso. Mais parecia que as nuvens tinham sido lavadas e levadas pela água de ontem. Era um sábado doce, a fruta vermelha da semana. Augusta estava dentro do Mar, no mesmo cercadinho de arrecifes daquele dia estranho. Rosa fazia companhia. Augusta estava mais quieta naquele dia.

— O que a senhora tem, vó? Tá toda misteriosa.
— Eu sou misteriosa.

As duas riram.

— Às vezes, Rosa, quando olho para o Mar, lembro de mamãe, da vontade que tinha de ver o Mar da Itália.
— Então vamos pro Mar da Itália!
— Vamos. Eu vou. Você vai ver.

Rosa observou a avó meio sorrindo, meio duvidando daquela promessa. Eu não duvidei mais.

— Tu sabe boiar, Rosa?
— Sei, mas não gosto, entra água no meu nariz.
— Então você não sabe boiar direito.
— Ah, é?

A moça se divertia. Sempre achara a avó um divertimento em sua sisudez. Eu também acho.

— Tem que encher os pulmões de ar, porque eles viram boias dentro da gente. Se você fizer isso, não afunda. E não entra água no seu nariz.

A menina entrou nos comandos da avó, que agora estava seriíssima.

Rosa sugou o ar ao redor e se deitou na água tão rasa que não alcançava nem os joelhos. O sal fez toda a sua parte na sustentação da moça de pernas compridas e de cabelos claros como os de Lia. Augusta olhava a menina com um rosto de paixão entristecida e terna. Rosa parecia concentrada, temendo que a água invadisse as narinas.

— O segredo é respirar sempre pra fora, devagar, pouquinho, para não secar os pulmões. Descansa, Rosa, tá toda dura.

Aos poucos, a neta de Augusta foi se entregando, os braços amoleceram, ela pareceu ensurdecer. Rosa entrou no útero do mundo, pensei. Está ouvindo os sons da vida efervescendo por dentro. Tudo é água irrigando e matando a sede de ser fermento. É tudo firmamento.

Firma

mento

tão

firme

dá

ao

chão

e

ao Mar

o
mesmo
sus
tento.
Augusta se despreocupou da neta.
— Vó.
— Oi, Rosa.
— Viu? Deu certo.
— Vi. Muito bem.
— Vó, a senhora tá olhando pra onde?
— Pro Tempo.
Ela olhava mesmo para mim. Rosa sorria, interessada.
— Foi? E o que ele disse?
Augusta não olhava mais a neta, continuava me fitando tão diretamente que me senti nu. Mas sustentei firme o olhar dela, como quem ama.
— O Tempo me viu.
Me reconheceu.
E disse que ele
é todo meu.

Agradecimentos

Agradeço a todos que, de tantas formas, me ajudaram a não desistir desta história.

Vicente, meu pequeno, por me dar coragem, movimento e decisão. Gui e seu amor, obrigada pelas perguntas constantes e interessadas. Elas não me deixaram parar de pensar. Wilson, Lucia e Sofia, por compartilharem comigo o fervor pela arte, a paixão pelas letras, o apego que não larga mão do ofício. Sônia, por ter existido como uma festa, cuidando de mim e de nós com seu amor-serpentina. Minha avó, Dona Anunciada, por me dar sua voz, além de um reino encantado por seriguelas e canjica. Vó Dora, Tia Nevinha e as matriarcas da minha vida, pelo amor estrondoso. Meu avô Genival, que me deu a direção de uma infância. Amigas e amigos, irmãos e irmãs, que mantiveram acesa a minha esperança: leram, me ouviram, acreditaram. Vocês são muitos e sabem quem são. Os mestres queridos Marcelino Freire, Assis Brasil e Raimundo Carrero, pelas impactantes palavras de direção. Renata Rodriguez, pelas pontes tão generosas e fundamentais. Lucia Riff e Eugênia Ribas, pelo entusiasmo decidido. Meus editores Lucas Telles, Sara Ramos e Thaís Lima, por abraçarem o livro com respeito, refinamento e brilho: nunca vou me esquecer. Editora Record, pela casa acolhedora e amável. Por causa da minha pequena multidão, não vou acabar tão cedo.

Sumário

O Tempo e o bolso do Tempo	9
Aquele rosto de hoje	15
Rosto de rua	29
Vontade	33
Dilema	49
Êxodo	61
Rua da União	65
Nascente	83
O Mar	91
Uns sopros	109
Mesa posta	131
Túnel	163
Corte	179
Uma cama verde e quadrada	183
Desperta	189
Segredo	191
Ausência	197
Junho	203
Firmamento	207
Agradecimentos	211

Este livro foi composto na tipografia ITC Legacy Serif,
em corpo 11,5/16, e impresso em papel off-white
na Gráfica Plena Print.